Katarina Genar

Mon Amie

Katarina Genar

Mon Amie

Aus dem Schwedischen von Susanne Dahmann

Urachhaus

Die Originalausgabe erschien unter dem Titel
Pensionat Vidablicks gåta bei Bonnier Carlsen Bokförlag, Stockholm.

Die Übersetzung dieses Buches wurde durch die freundlich gewährte Förderung des Swedish Arts Council unterstützt.

ISBN 978-3-8251-7952-6

Erschienen 2016 im Verlag Urachhaus
www.urachhaus.com

Gesamtherstellung: CPI – Clausen & Bosse, Leck

1

Es ist früh an einem Sommermorgen. In Saras Zimmer steht das Fenster einen Spalt offen. Vom Meer hört man die Möwen schreien, aber Sara schläft tief und fest. Bea muss sie mehrmals über die Wange streicheln, ehe sie endlich verschlafen aufsieht.

»Ich haue jetzt ab«, flüstert Bea. »Halte es hier zu Hause nicht länger aus.«

Mit einem Mal erinnert sich Sara. Der schreckliche Streit gestern. Bea, die Mama und Papa angeschrien hat, dass sie ja gar nichts begreifen würden. Und die Eltern, die wütend waren. Sara wusste nicht, worum es ging, denn sie hatte getan, was sie immer tat, wenn es Streit gab: Sie war in ihr Zimmer gegangen und hatte sich die Decke über den Kopf gezogen. Sich die Ohren zugehalten. Mama, Papa und Bea stritten oft, doch dieses Mal war es schlimmer gewesen als sonst.

Vor dem Haus fährt ein Auto vor.

»Das Taxi«, sagt Bea. »Ich muss los.«

Sie steht auf.
»Ich nehme den Zug nach Kopenhagen. Ich kenne einen Typ, der mir da einen Job in einer Kneipe besorgen kann. ›*Zum Prinzen*‹ heißt der Laden.«
Sie beugt sich vor und packt Saras Schultern.
»Aber versprich mir, dass du das niemandem erzählst! *Egal, was passiert. Erzähl es niemand!*«
Sara schluckt ein paarmal, es fühlt sich an, als hätte sie einen dicken Kloß im Hals. Dann nickt sie und verspricht, nichts zu sagen.
Bea lässt sie los und streicht mit der Hand über Saras Wange.
»Du bist die beste kleine Schwester der Welt.«
Leise und vorsichtig schleicht Bea aus dem Zimmer. Sara bleibt im Bett liegen und hört sie draußen die Treppe hinuntergehen. Es knirscht, als Bea über den Kiesweg zum Taxi geht. Da beeilt sich Sara, aus dem Bett zu kommen. Durch das Fenster kann sie sehen, wie der Taxifahrer Beas Rucksack ins Auto hievt. Sie sieht Beas schmalen Rücken, das lange, rot gefärbte Haar, die ausgefranste Jeansjacke.
Nein, sie darf nicht wegfahren!
Sara eilt die Treppe hinunter, reißt die Tür auf und rennt, sodass ihr das Nachthemd um die Beine flattert, in die kühle Morgenluft hinaus. Der Kies schneidet in die Füße, als sie sich beeilt, zum Gartentor zu kommen. Aber das

Taxi ist schon auf dem Weg den Hügel hinunter, und genau in dem Moment, als Sara am Tor ist, verschwindet es um die Kurve.

Sara seufzt. Der erste Tag der Sommerferien. Und Bea ist abgehauen. Dabei hatte sie doch versprochen, dass sie bis Mittsommer, wenn der Urlaub von Mama und Papa anfängt, gemeinsam zu Hause bleiben würden. Und jetzt das!

Sara starrt zu der Kurve. Vielleicht kann sie Bea ja dazu bringen, es sich anders zu überlegen und zurückzukommen. Sie schließt ganz fest die Augen, *kehr um*, denkt sie, *kehr um, kehr um, kehr um* … In ihrem Kopf sieht sie, wie Bea dem Taxifahrer auf den Rücken klopft und ihm sagt, dass er zurückfahren soll. *Und zwar so schnell wie möglich, denn zu Hause wartet meine Schwester auf mich!*

Als sie die Augen aufschlägt, ist ihr ganz schwindelig, und es sieht aus, als würden in der Luft kleine Sternchen flimmern. Wenn die Gedankenübertragung funktioniert hat, dann müsste das Taxi jetzt kommen.

Aber natürlich kommt kein Taxi. Die Straße bleibt leer. Nein, war doch klar, dass Bea es sich nicht anders überlegen und zurückkommen würde. Bestimmt sitzt sie bei heruntergekurbeltem Fenster, und das rote Haar flattert im Wind, und sie sagt zum Fahrer, er soll so schnell wie möglich fahren!

Sara fröstelt in ihrem dünnen Nachthemd. Das Licht vom blauen Himmel ist stechend, aber der Garten liegt immer noch im Schatten. Da sieht sie plötzlich, wie sich unten am Hügel etwas bewegt, genau in der Kurve, die die Straße dort beschreibt. Jemand kommt langsam den Berg heraufgeradelt. Ist das Bea, die zurückkommt?
Nein, natürlich ist es nicht Bea. Ein Mann sitzt auf dem Fahrrad. Er ist klein, hat einen braunen Bart und einen dicken Goldring in einem Ohr. Ein wenig sieht er aus wie ein Troll und hat gar keine Ähnlichkeit mit Bea.
»Guten Morgen, schöne Maid!«, ruft er feierlich, als er sich dem Gartentor nähert. »Ich bitte ergebenst, eine Zeitung an diese entlegene Adresse leverieren zu dürfen!«
Der Zeitungsbote bleibt genau vor Sara stehen und zieht eine zusammengerollte Zeitung aus dem Fahrradkorb. Seine Stirn glänzt von Schweiß nach dem langen Weg den Hügel herauf, und er stützt sich auf den Lenker und schnauft.
»Fantastische Aussicht«, sagt er und schaut über das glitzernde Meer. »Aber der Berg ist der reinste Albtraum für einen Fettwanst wie mich.«
Er streicht sich über den Bauch und grinst Sara breit an.
»Erster Arbeitstag. Mal sehen, ob ich es hier noch öfter raufschaffe. Aber sehr nett, dass du hier stehst und auf die Zeitung wartest.«

Klar fragt er sich, warum Sara so früh am Morgen, barfuß und nur im Nachthemd da rumsteht. Natürlich nicht, um auf die Zeitung zu warten, aber vielleicht sieht es so aus.
»Nette Hütte«, sagt er und nickt zu dem großen, viereckigen Haus hin. »Mit Panoramafenster und so. Schlossig.«
Endlich bekommt Sara die zusammengerollte Zeitung, die er in der Hand hat.
»Das letzte Exemplar. Jetzt gehe ich nach Hause und schlafe, und du kannst reingehen und die Zeitung lesen.«
Mit diesen Worten schwingt er sich aufs Fahrrad, streckt seine kurzen Beine aus und rollt den Hügel hinunter.

Sara bleibt einen Augenblick stehen und betrachtet das Haus. Es ist dunkelgrau mit großen Fenstern. Mama behauptet, das sei *funktional*, aber Sara findet es einfach nur hässlich.
In dem Reihenhaus unten im Ort, wo sie vorher gewohnt haben, gefiel es ihr besser. Da war ihre beste Freundin Vera gleich in der Nähe, und sie konnten jeden Tag zusammen zur Schule gehen. Jetzt ist es überallhin weit, außer natürlich zum Meer. Deshalb haben Mama und Papa das Haus gekauft. *Wir sind einfach dieser Aussicht verfallen*, sagen sie immer, wenn Gäste da sind. Sowohl aus dem Küchenfenster als auch vom Wohnzimmer aus hat man Meerblick.

Bea findet das Haus snobby. Manchmal ist es, als würde sie sich richtig dafür schämen.
Im Frühjahr war ihr Haus in einer Einrichtungszeitschrift abgebildet. *Stilvoll und nah am Meer* lautete die Überschrift. Mama war sehr zufrieden. Sara war auf einem der Bilder als ein kleiner, verschwommener Fleck in einer Ecke zu sehen. Ihre Mutter hatte ihr ein weißes Kleid aufgenötigt, damit sie ein bisschen besser zu allem passte und nicht zu sehr rausstach. Bea hatte sich natürlich geweigert, überhaupt dabei zu sein.
Sara geht zum Haus zurück. Mit wem soll sie jetzt zusammen sein, wenn Bea nicht zu Hause ist? Wenn wenigstens Vera noch hier wäre, aber die ist zu ihren Cousins nach Norrland gefahren und kommt nicht vor Mittsommer nach Hause.
Als Sara gerade reingehen will, hört sie es im Blumenbeet direkt beim Haus rascheln. Eine kleine, flaumige schwarze Katze schaut aus den Blumen heraus. Wie süß, die hat sie ja noch nie gesehen! Das Katzenjunge legt den Kopf schief und sieht sie an. Die großen Augen glänzen goldbraun, aber irgendwie sieht es traurig aus.
»Wer bist du denn?«, flüstert Sara und beugt sich herab. »Bist du hungrig?«
Sie hat Lust, die Katze mitzunehmen und ihr etwas Gutes zu geben. Vielleicht Sahne?

»Komm«, lockt sie und streckt die Hand aus.
Die Katze zieht sich rasch zurück und verschwindet wieder zwischen den Blumen.
Sie sucht im Beet, aber das Tier ist weg. Leise schleicht Sara in ihr Zimmer hinauf. Vielleicht wird sie später eine Schale mit Sahne rausstellen. Das Kätzchen war so klein und mager.
Die Tür zu Mamas und Papas Zimmer ist zu. Es ist viertel nach sechs. Sara kriecht unter die Decke und blättert ein wenig in der Zeitung. Nach einer Weile verschwimmen ihr die Buchstaben vor den Augen. Sie legt die Zeitung auf den Boden neben das Bett und schläft ein.

2

Als Sara aufwacht, ist das Zimmer warm und sonnendurchflutet. Sie zieht ihr Jeanskleid an und geht in die Küche hinunter. Ihr Vater sitzt am Küchentisch und trommelt mit den Fingern auf die Tischplatte. Das macht er immer, wenn er besorgt ist. Trotz der Wärme ist er so angezogen wie sonst auch: lange Hosen, Hemd und Schlips. Das Jackett hängt über der Stuhllehne. Er arbeitet in einer Bank, und da muss man sommers wie winters einen Anzug anhaben.

»Bea ist weggegangen«, sagt er, als er Sara sieht. »Guck, das lag auf dem Tisch.«

Er zeigt auf einen Zettel mit Beas krakeliger Handschrift.

Jetzt haue ich ab. Halte es hier zu Hause nicht mehr aus.
Mal sehen, ob ich je zurückkomme.
Sucht nicht nach mir!

Saras Mutter kommt aus dem Badezimmer und setzt sich an den Tisch. Sara sieht, dass sie geweint hat.
»Wo kann sie nur hin sein?«, fragt ihre Mutter mit schwacher Stimme. »Und ans Handy geht sie auch nicht!«
Sara gießt sich einen Teller Dickmilch ein. Die Wangen werden ihr heiß, und sie meint, man müsste es ihr ansehen, dass sie weiß, wo Bea ist. Doch ihre Eltern scheinen nichts zu merken. Das Einzige, was man hört, sind Papas Finger, die auf den Tisch trommeln.
»Ich rufe die Polizei an«, sagt Saras Mutter.
Ihr Vater hört mit dem Trommeln auf.
»Glaubst du wirklich, dass die was machen können?«, fragt er zögerlich.
Doch ihre Mutter hat sich entschieden.
»Die müssen nach ihr suchen!«, ruft sie.
Sara spürt ihr Herz laut pochen.
Hoffentlich gehen sie bei der Polizei nicht ran.
Aber das tun sie natürlich.
Mama erzählt, dass Bea abgehauen ist.
»Sie ist erst sechzehn!«, ruft sie. »Sie müssen nach ihr suchen!«
Der Polizist stellt eine Menge Fragen und berichtet dann, dass Halbwüchsige meist von selbst wieder auftauchen würden.
Als ihre Mutter aufgelegt hat, ist sie etwas ruhiger.

Papa legt den Arm um sie.
»Wir müssen versuchen, so gut es geht normal weiterzuleben«, sagt er. »Und das Beste hoffen. Oder, was meinst du, Sara?«
Ihr Vater sieht sie aufmunternd an.
»Ja, vielleicht«, antwortet Sara und rührt in der Dickmilch herum.
»Ich muss jetzt mal los«, sagt ihr Vater und sieht zur Uhr. »Wir haben um neun eine Besprechung.«
Ihre Mutter lächelt schwach.
»Bea beruhigt sich ja immer ziemlich schnell«, sagt sie. »Wenn wir Glück haben, ist sie heute Abend schon wieder zurück.«
Papa gibt Mama und Sara jeweils einen Kuss auf die Wange.
»Passt auf euch auf«, sagt er, und seine Augen glänzen dabei feucht.
Dann läuft er schnell zum Auto hinaus.
Es wird still. Während Sara ihre Dickmilch isst, trinkt ihre Mutter eine Tasse Kaffee. Hoffentlich fragt sie nichts.
»Ist heute Morgen denn keine Zeitung gekommen?«
Ihre Mutter sieht sich um.
Sara kneift die Lippen zusammen. Sie muss an die Zeitung denken, die in ihrem Zimmer liegt, aber es ist wohl am besten, wenn sie nichts sagt, denn sonst würde ihre

Mutter sich womöglich fragen, warum sie so früh schon auf war.

»Egal«, sagt ihre Mutter. »Wir haben im Büro auch eine Zeitung, ich kann sie in der Mittagspause lesen.« Doch dann fällt ihr plötzlich etwas ein und sie sieht Sara besorgt an.

»Jetzt bist du ja allein zu Hause!«

Sara zuckt mit den Schultern.

»Ist schon okay«, antwortet sie.

»Ganz sicher? Sonst kannst du auch mit mir ins Büro kommen, wenn du willst.«

Sara schüttelt den Kopf. Nein, nie im Leben geht sie mit Mama ins Büro. Das hat sie einmal gemacht, als sie klein war, und das war superlangweilig. Ihre Mutter ist Maklerin und verkauft Häuser, aber die meiste Zeit telefoniert sie oder sitzt in irgendwelchen Besprechungen.

Als ihre Mutter jung war, wollte sie am liebsten Keramikerin werden und mit Ton arbeiten, aber daraus ist nichts geworden. Ganz oben in einem der Küchenschränke gibt es ein Regal voller Keramikfiguren, die ihre Mutter gemacht hat, kleine, knubbelige fröhliche Tanten und Onkel. Sara findet, sie könnte sie ruhig aufstellen, aber ihre Mutter sagt immer, sie seien nicht gut genug dafür. Das findet Sara doof.

Ihre Mutter trinkt den letzten Rest vom Kaffee und wirft dann einen raschen Blick auf die Uhr.

»Ich beeile mich heute Nachmittag«, sagt sie. »Und versprich mir, dass du anrufst, wenn Bea sich meldet oder wenn du dich einsam fühlst und dich langweilst.«
Sie streicht Sara übers Haar.
»Du bist wirklich tapfer«, sagt sie.

Ihre Mutter fährt zur Arbeit, und das Haus wird leer und ganz still. Auf dem Küchentisch liegt noch Mamas Lippenstift. Die Farbe heißt *Champagne Frost* und schimmert blassrosa. Auch auf den Fingernägeln hat sie *Champagne Frost*, denn ihrer Mutter ist es wichtig, dass alles zusammenhängt und passt. Sie wird nicht besonders froh sein, wenn sie merkt, dass sie den Lippenstift zu Hause vergessen hat.
Sara geht die Treppe hinauf. Sie schaut in Beas Zimmer. Da ist es wie immer chaotisch. Das Bett ist nicht gemacht, auf dem Boden liegen haufenweise zerknitterte Kleider, und auf dem Schreibtisch steht ein Teller mit eingetrocknetem Erdbeerjoghurt. Sara fühlt einen Kloß im Hals.
Oh, wie sie Bea vermisst! Wenn Bea zu Hause ist, dann ist es niemals so blöd still. Sie hat immer laut Musik an, und außerdem klingelt dann die ganze Zeit das Telefon.
Sie legt sich in Beas Bett und zieht die Decke bis zum Kinn hoch. Schnüffelt ein wenig am Kissen. Das riecht gut. Genau wie Bea. Süß und würzig zugleich.

Sara liegt da und überlegt, was sie machen soll. Sie sieht zu Beas Computer, der auf einem Stapel Zeitschriften thront. Unter Beas Schreibtisch stehen ein paar Dosen mit orangener Farbe, daneben Pinsel. Bea hatte diesen Sommer ihr Zimmer neu streichen wollen, und Sara sollte ihr helfen. Das wollten sie zusammen machen – und dann haut sie einfach ab!
Die Sonne scheint ins Zimmer, und Sara wird es heiß unter der Bettdecke. Das Jeanskleid klebt an ihrem Körper. Sie will raus. Eigentlich darf sie nicht alleine baden gehen, aber das ist ihr jetzt einfach mal egal. Sie schiebt die Decke beiseite und geht ihre Badesachen holen.

3

In Saras Zimmer steht alles an seinem Platz. Manchmal wünscht sie sich, sie könnte auch alles rumliegen lassen, damit es genauso gemütlich wäre wie in Beas Zimmer. Aber so viel sie auch versucht, es klappt einfach nicht, sondern endet immer damit, dass sie alle Sachen wieder an ihren richtigen Platz stellt. Die Bücher ins Bücherregal, die Kleider in den Schrank und Stifte und Radiergummis in die Schreibtischschublade.

Sie macht ihr Bett und schiebt die Zeitung darunter. Dann nimmt sie Badeanzug und Handtuch aus dem Schrank und holt ihr Fahrrad aus der Garage.

Das Fahrrad ist schön. Silbergrau mit massenhaft Gängen. Sara hat es bekommen, als sie in das neue Haus gezogen sind.

Bea hat auch ein Fahrrad bekommen, aber sie hat nur ein verächtliches Gesicht gezogen.

»Versuchen, mich mit einem Fahrrad zu bestechen«, hat sie gezischt.

Sara legt den Badeanzug in den Fahrradkorb und radelt zum Strand hinunter.
Heute ist das Meer ruhig und glatt. Sie lässt sich im warmen Sand nieder. Die Sonne funkelt in den Sandkörnern, und vor ihr glitzert das Wasser. Jetzt ist der Strand wie ausgestorben, doch zu Mittsommer kommen immer die Touristen, und da ist dann plötzlich alles voller Leute.
Sie sitzt da und fühlt sich ziemlich einsam. Sie schließt die Augen.
Als sie sie wieder aufmacht, ist sie gar nicht mehr allein. Neben ihr im Sand sitzt das kleine schwarze Kätzchen, das sie heute Morgen schon zu Hause gesehen hat! Wie ist das denn hierhergekommen?
»Hallo«, sagt Sara erstaunt.
Das Kätzchen sieht sie mit seinen goldenen Augen an. Dann steht es plötzlich auf und tappt davon. Als es ein Stück gelaufen ist, bleibt es stehen, setzt sich hin und schaut wieder zu Sara.
Komisch, aber es sieht echt so aus, als würde es auf sie warten.
Sie nimmt ihr Fahrrad und geht zu dem Kätzchen, doch sobald sie dort ist, läuft das Tier wieder los. Sara folgt ihm. Ganz schön anstrengend, das Fahrrad durch den Sand zu schieben.
Nach einer Weile wird der Streifen Strand schmaler. Sie

sind auf dem Weg zur Landzunge hinaus. Das Kätzchen biegt vom Strand weg auf einen kleinen Kiesweg ab. Jetzt läuft es ganz schnell, dreht sich aber ab und zu um, wie um zu sehen, ob Sara auch mitkommt. Die setzt sich aufs Fahrrad und strampelt, so schnell sie kann.

Was für eine seltsame Katze! Eigentlich sollte ihr das Tier einfach egal sein, aber sie kann es nicht lassen, ihm zu folgen. Das Kätzchen ist so klein und wirkt einsam. Aber wohin ist es denn unterwegs?

Der Kiesweg ist zu Ende, und die Katze läuft weiter auf einem schmalen Pfad in den Wald hinein. Als das Tier endlich stehen bleibt, springt Sara vom Fahrrad und setzt sich unter einen Baum in den Schatten. Ihr ist heiß, sie kriegt keine Luft mehr und bereut schon, überhaupt mitgefahren zu sein. Der Rückweg wird anstrengend werden. Die Katze setzt sich neben sie. Sie scheint kein bisschen erschöpft, im Gegenteil, sie schnurrt zufrieden.

Als Sara ein wenig verschnauft hat und ihr Herz ruhiger schlägt, steht sie auf, um sich umzusehen. Das Kätzchen bleibt im Schatten sitzen. Zwischen den Baumstämmen hindurch glitzert das Meer.

Da entdeckt Sara etwas Merkwürdiges. Ein Stück weiter im Wald steht eine hohe Steinmauer. Die Mauer ist fast vollkommen mit Moos bewachsen und von Schlingpflanzen überwuchert.

Warum steht hier mitten im Wald eine Mauer?
Sie stellt sich auf die Zehenspitzen und versucht zu sehen, was hinter der Mauer ist, doch das ist unmöglich, denn die ist viel zu hoch. Die Katze steht auf und beginnt, an der Mauer entlangzugehen.
Sara sieht ihr nach.
Soll sie ihr folgen?
Sie zögert. Mit einem Mal merkt sie, wie durstig sie ist.
»Ich glaube, ich fahre jetzt mal nach Hause«, sagt sie zu der Katze.
Die bleibt stehen und setzt sich.
Es sieht aus, als würde sie den Kopf hängen lassen.
Sara setzt sich auf den Sattel, hat aber immer noch ein Bein auf dem Boden.
Kann sie das Kätzchen wirklich allein lassen? Wenn ihm nun etwas zustößt? Vielleicht verdurstet es hier in der Hitze?
Sie wartet einen Moment.
»Komm mit mir nach Hause«, sagt sie.
Das Kätzchen lässt weiterhin den Kopf hängen. Dann dreht es sich plötzlich um und verschwindet durch ein kleines Loch in der Mauer. Sara sieht ihm erstaunt nach. Abgesehen vom Vogelgezwitscher und ein paar Hummeln, die herumbrummen, ist es vollkommen still.
Aha, nun ist also die Katze auf der einen Seite der Mau-

er und sie selbst auf der anderen. Damit ist das Problem gelöst, dann kann sie ja wohl nach Hause radeln und die Katze ihrem Schicksal überlassen. Oder?

Sie hört das Kätzchen maunzen.

Nein, sie kann jetzt nicht nach Hause fahren! Erst muss sie rauskriegen, wohin das Tier verschwunden ist.

Sara stellt das Fahrrad ab. Sie folgt der Mauer zum Meer hinunter, wo sie abbiegt und am Ufer entlangführt. Schließlich kommt sie zu einem schwarzen Gartentor. Rechts und links von dem Tor stehen zwei Pfeiler, und ganz oben auf jedem Pfeiler sitzt ein Löwenkopf aus weißem Marmor. Etwas weiter unten, unter dem einen Löwenkopf, ist ein Messingschild angebracht. *Pension zur Schönen Aussicht* steht dort in schnörkeligen Buchstaben. Und innen hinter dem Tor sitzt die kleine Katze und wartet.

4

Sara bleibt stehen. Vor ihr liegt ein großes weißes Holzhaus. Ein paar Dachpfannen fehlen, mehrere Fensterscheiben sind zerbrochen, und die eine Hausecke ist fast vollkommen mit Efeu überwuchert. Im Garten stehen zahlreiche verkrüppelte Apfelbäume und hohes wildes Gras.

Durch die Gitterstäbe des Gartentors sieht das Kätzchen sie an.

»Wohnst du hier?«

Das Kätzchen zuckt ein wenig mit den Schnurrhaaren, dann wendet es sich um und läuft auf das Haus zu. Man kann es kaum erkennen, nur der Schwanz ragt aus dem hohen Gras heraus.

Sara zögert ein wenig, aber dann schiebt sie das schwergängige Tor auf und betritt den Garten. Sie schaut sich um. In einem der Apfelbäume hängt eine zerbrochene Holzschaukel, unter einem anderen stehen ein paar rostige Caféstühle. Langsam geht sie auf das Haus zu. Die

Fenster sind dunkel und leer. Sie wird nur die Katze zurückbringen und fragen, ob sie vielleicht ein Glas Wasser bekommen kann, ehe sie wieder zurückradelt. Daran ist ja nichts Verwerfliches. Trotzdem hat sie ständig das Gefühl, sich umschauen zu müssen.

Wenn sich nun hier im Grün jemand versteckt?

Jemand, der es gar nicht mag, dass sie den Garten betreten hat.

Plötzlich raschelt es über ihr. Sara hält die Luft an.

Was war das?

Eine Schwalbe verschwindet unter den Dachziegeln, und sie atmet wieder aus. Nur ein Vogel.

Sie geht weiter zum Haus und klopft vorsichtig an die Tür. Niemand öffnet.

Sie klopft noch einmal, diesmal etwas fester. Noch immer macht niemand auf.

»Nein, es scheint niemand zu Hause zu sein«, sagt sie zu dem Kätzchen. »Was machen wir denn jetzt?«

Ihre Kehle ist ganz ausgetrocknet, und sie hätte furchtbar gern etwas zu trinken. Die Katze kratzt eifrig mit den Pfoten an der Tür.

Vorsichtig probiert Sara die Klinke. Die Tür gleitet auf und die Katze verschwindet im Haus.

»Hallo? Ist da jemand?«

Ihre Stimme hallt in dem leeren Haus wider. Sie bleibt auf

der Schwelle stehen, blinzelt ein paarmal und späht in den Eingang.
Nach dem gleißenden Sonnenlicht draußen wirkt es hier drinnen dunkel.
Sie erkennt, dass sie in der Rezeption der Pension gelandet ist. Vor ihr steht ein hoher Tresen aus dunklem Holz, und an der Wand dahinter hängen Schlüssel. Hier werden natürlich die Gäste in Empfang genommen, und dann bekommen sie die Schlüssel zu ihren Zimmern ausgehändigt.
Neben dem Tresen führt eine geschwungene Treppe in den ersten Stock. Die Treppenstufen sind mit einem zerschlissenen roten Teppich bedeckt, und ganz unten am Geländer sitzt ein goldfarbener Knauf.
»Hallo!«, ruft sie wieder.
Doch es ist immer noch vollkommen still. Die Pension scheint geschlossen zu sein.
Eigentlich sollte sie jetzt gehen. Wenn sie nun jemand entdeckt und denkt, sie sei ein Einbrecher! Obwohl sie natürlich das Kätzchen gefunden hat und hier ist, um es zurückzubringen. Oder hat das Kätzchen vielmehr sie gefunden? Sie weiß es nicht so genau. Auf jeden Fall könnte sie wirklich etwas zu trinken gebrauchen, ehe sie wieder nach Hause fährt. Das müsste es in dem Haus doch geben. Aber darf sie wirklich reingehen, wenn niemand zu Hause ist?

Sara wirft einen Blick über ihre Schulter. Der Garten ist menschenleer. In den Büschen zwitschern ein paar Vögel. Es sieht sie ja niemand. Wenn sie sich beeilt, ist sie wieder zurück, ehe jemand kommt.
Sie schaut sich in der Rezeption um. Die Tür nach rechts ist zu. Auf einem kleinen Schild an der Tür steht *Privat*. Sie geht nach links und kommt in einen großen Saal. Der Raum ist leer, nicht ein einziges Möbelstück steht darin. Mitten im Zimmer sitzt das Kätzchen. Als es Sara sieht, erhebt es sich sofort und läuft ins nächste Zimmer.

Auch der nächste Raum ist leer. Eine Tür führt auf einen verglasten Wintergarten hinaus. Die Tür ist offen, und die Katze tapst hinaus. Sara folgt ihr. Der Wintergarten hat ganz kleine Fenster, und direkt davor glitzert das Meer. Eine Fensterscheibe ist zerbrochen, und das Efeu ist ins Haus gewachsen.
Direkt an der Wand steht ein kleiner Tisch mit zwei Korbstühlen davor, und in eine Ecke hat jemand einen buckligen alten Teppich geworfen.
Das Kätzchen geht zu dem Teppich, maunzt und zerrt mit den Krallen an den Teppichfransen, so als wolle es ihn wegzerren. Dann bleibt es plötzlich stehen, legt den Kopf schief und sieht Sara an.
»Komm, ich helfe dir«, sagt Sara.

Sie hebt den Teppich an und zieht erstaunt die Augenbrauen hoch.
Unter dem Teppich liegen blaue Porzellanscherben!
Die Katze maunzt und läuft zwischen den Scherben umher.
Sara legt den Teppich beiseite, beugt sich herab und sammelt ein paar Scherben auf. Hier scheint ein ganzes Service an Tassen kaputtgegangen zu sein. Es gibt nur eine einzige Tasse, die nicht zerbrochen ist. Umso besser, die kann sie als Wasserschälchen für die Katze benutzen.
Die Tasse ist schön, weiß mit großen dunkelblauen Blumen. *Rörstrand, Mon Amie*, steht auf dem Boden. Das sieht aus wie Französisch. Bea hat Französisch in der Schule gehabt, und Sara hat sie immer abgehört, kann also auch ein bisschen Französisch. Aber sie weiß nicht, was das bedeutet: *Mon Amie* ...
Sie wischt die Tasse an ihrem Jeanskleid ab. Da knarrt es im Haus.
Was war das?
Sara sieht sich erschrocken um. Das Herz pocht ihr heftig in der Brust.
Womöglich gibt es hier Gespenster!
»Komm«, flüstert sie dem Kätzchen zu. »Wir hauen ab!«
Aber das Kätzchen legt sich faul in einen Sonnenstrahl auf den Fußboden, räkelt sich und schließt die Augen.
Schnell stellt Sara die Tasse auf den Tisch und eilt hin-

aus. Sie stolpert durch das hohe Gras im Garten zu ihrem Fahrrad, und auf dem ganzen Weg nach Hause pocht ihr Herz ganz laut.

Am Abend sitzen Mama, Papa und Sara schweigend am Esstisch. Nur das Kratzen des Bestecks auf den Tellern ist zu hören. Papa hat einen griechischen Salat mit großen schwarzen Oliven gemacht, die Bea so mag. Aber Beas Platz ist leer.

Mama hat Beas ganzes Zimmer durchsucht, um irgendeinen Hinweis darauf zu finden, wo Bea sein könnte. Sie hat alle Freundinnen von Bea angerufen und mit dem Rektor an Beas Schule gesprochen, doch niemand hat eine Ahnung, wohin Bea gefahren sein könnte.

Papa legt das Besteck auf dem Teller ab. Er seufzt und sieht aus dem Fenster. Trommelt mit den Fingern auf der Tischplatte.

»Es ist grässlich, einfach nur warten zu können!«

Sara isst ihren Salat auf. Sie erzählt nichts von der *Pension zur Schönen Aussicht* oder von dem kleinen schwarzen Kätzchen mit den golden funkelnden Augen. Mama und Papa würden es sowieso nicht gut finden, dass sie so weit weg geradelt ist oder dass sie fremde Häuser betreten hat.

5

Als ihre Mutter am nächsten Morgen die Tür zu Saras Zimmer einen Spalt aufmacht, zieht Sara die Decke über den Kopf und tut so, als würde sie schlafen. Erst als sie die beiden Autos ihrer Eltern den Hügel hinunter verschwinden hört, steht sie auf. Auf dem Küchentisch liegt ein Zettel:

Guten Morgen, Sara!
Du hast so gut geschlafen, da wollten wir dich nicht wecken.
Ruf an, wenn du auf bist.
Kuss,
Mama

Sara ruft ihre Mutter an.
»Ich sitze in einer Besprechung«, flüstert die. »In der Tiefkühltruhe ist eine Tupperdose mit Essen. Und versprich mir, dass du nicht alleine baden gehst!«

Sara verspricht es. Heute will sie einfach nur rumliegen und faul sein.

Die Sonne scheint, und die Hummeln brummen träge zwischen den blauen Blumen, die ihre Mutter an der Hauswand entlang gepflanzt hat. Im Schatten breitet sie auf dem Gras eine Decke aus, dann holt sie sich ein paar von Beas Zeitschriften, einen grünen Apfel und ein Glas Eiswasser mit Strohhalm. Sie lässt sich nieder und beißt in den Apfel. Er ist so richtig knackig, genau wie sie es mag.

Zum Mittagessen wärmt sie sich auf, was in der Tiefkühltruhe ist. *Jägerschnitzel mit Kartoffeln und Erbsen.* Als das Essen aus der Mikrowelle kommt, ist es grau und zäh. Sie wirft es in den Mülleimer, schmiert sich stattdessen ein Brot und legt sich dann auf den Bauch auf die Decke. Sie beobachtet ein paar Ameisen, die im Gras herumkrabbeln, und denkt, dass genau das die Tage sind, nach denen man sich sehnt, wenn man Schule hat. Tage, an denen man absolut nichts machen muss. Sie dreht sich auf den Rücken und sieht zum Himmel hinauf. Ein Vogel fliegt vorüber.

Und plötzlich kommt ihr alles langweilig vor.

Einsam.

Es ist erst zwei Uhr und dauert noch mehrere Stunden, bis Mama und Papa nach Hause kommen.

Selbst wenn ich ganz laut schreien würde, wäre da trotzdem niemand, der mich hört, denkt sie.
Dann schreit sie. So laut sie kann. Der Schrei verschwindet hinaus in den Garten und dann weg über das Meer. Aber die Vögel zwitschern weiter, und die Hummeln brummen. Als wäre nichts geschehen.
Da fühlt sich alles noch viel trauriger an. Doch dann fällt ihr etwas ein. Es gibt schließlich noch jemanden, der auch völlig allein ist: die kleine Katze, die sie gestern in der Pension zurückgelassen hat. Die hat ja gar kein Wasser bekommen!
Wie dumm von ihr, einfach so wegzurennen, nur weil es geknarrt hat. In alten, leerstehenden Häusern kann es durchaus mal knarren und knacken. Das ist nicht weiter verwunderlich.
Sie versucht sich zu erinnern, ob die Tür offen stand, als sie rausgelaufen ist. Wenn sie die nun zugemacht hat, dann wäre das Kätzchen im Haus eingeschlossen!

Sara packt einen Rucksack mit einer Flasche Wasser und einem kleinen Stück Käse für die Katze. Dann radelt sie schnell den Hügel zum Strand hinunter. Sie muss ein Weilchen suchen, ehe sie den schmalen Kiesweg und dann den Waldpfad findet, der zur *Pension zur Schönen Aussicht* führt.

Als sie endlich ankommt, sitzt die Katze am Zaun und wartet. Schön, dann ist sie ja zumindest mal rausgekommen.

»Tut mir leid, dass ich gestern einfach so abgehauen bin«, sagt Sara.

Sie betritt den Garten. Das Haus sieht genauso leer und verlassen aus wie am Tag zuvor. Die Tür steht einen Spalt offen. Die Katze tappt ins Haus, und Sara folgt ihr vorsichtig. Sie wird einfach nur diese Tasse mit den blauen Blumen drauf holen, die auf dem Tisch im Wintergarten steht, sie mit Wasser füllen, den Käse danebenlegen und dann nach Hause radeln. Niemand wird je erfahren, dass sie hier war. Außer dem Kätzchen natürlich.

Sie schaut sich in der Rezeption um. Dann lässt sie die Tür offen und geht in Richtung Wintergarten. Plötzlich miaut die Katze ganz laut, und Sara fährt bei dem unerwarteten Geräusch zusammen. Sie dreht sich um. Das Kätzchen hat sich auf die unterste Treppenstufe gesetzt, es legt den Kopf schief und schaut Sara flehend an. Dann klettert es ein paar Treppenstufen hinauf, hält wieder inne und sieht Sara an.

»Was willst du denn?«, fragt Sara.

Das Kätzchen zuckt ein wenig mit den Schnurrhaaren. Es scheint weder hungrig noch durstig zu sein, aber sehr daran interessiert, dass sie ihm folgt. Also stellt Sara den

Rucksack ab und macht einen vorsichtigen Schritt auf die erste Treppenstufe. Die Treppe knarrt vernehmlich, aber das Holz scheint stabil genug zu sein, dass man darauf laufen kann.

Der Raum, zu dem die Treppe hinaufführt, ist möbliert. Mitten im Raum steht ein abgenutzter Ledersessel mit einem Tisch davor. Auf dem Tisch liegt ein Stapel Bücher, von denen das oberste total verstaubt ist. Das Kätzchen hüpft auf den Tisch und wandert auf dem Buch herum, sodass seine Pfoten im Staub Abdrücke hinterlassen. Dann hüpft es wieder auf den Boden, hockt sich neben den Sessel und sieht Sara unverwandt an. Sara fährt mit dem einen Finger über den Umschlag des Buches. *Gartenkalender* steht dort in goldener Schrift, und darunter ist ein Bild von einem Rosenbusch. Sie nimmt das Buch vom Stapel. Plötzlich wird der Himmel draußen finster. Sara sieht aus dem Fenster. Eine große, dunkle Wolke verdeckt die Sonne.

Wird es gar regnen?

Sie legt das Buch zurück.

»Ich muss bald los«, sagt sie zum Kätzchen.

Aber erst will sie sich ein wenig umsehen.

Links liegt ein Flur mit geschlossenen Türen. Auf jeder Tür ist ein Schild mit einer Nummer. Das sind natürlich die Zimmer der Gäste. Sie kann es nicht bleiben lassen, sondern muss vorsichtig die Klinke des nächstgelegenen Zimmers herunterdrücken. Die Tür geht mit einem leisen Quietschen auf. Die Tapeten sind blassrosa geblümt, im Zimmer gibt es einen Kachelofen und ein Fenster, das zum Meer hinausgeht. An der einen Wand steht ein schmales Bett. Gegenüber dem Bett hängt in einem goldenen Rahmen ein Spiegel, dessen Glas staubig und voller schwarzer Flecken ist.

Das Kätzchen schleicht herein und macht es sich unter dem Bett bequem. Es kratzt mit den Tatzen an etwas. Sara beugt sich herab und schaut unter das Bett.

Was macht es denn da?

Da liegt ein brauner Koffer mit Messingbeschlag. Sie öffnet ihn. Ganz oben in dem Koffer liegt ein hellrosa Seidenkleid.

Oh, wie schön!

Unter dem Kleid findet sie ein Paar hochhackige schwarze Lackschuhe und einen kleinen, weinroten Samtbeutel. Sie öffnet den Beutel und zieht eine lange Kette mit schimmernden Perlen heraus.

Was für ein Schatz!

Sara zieht sich das Seidenkleid über ihr Jeanskleid und wickelt sich die Perlenkette zweimal um den Hals. Dann stellt sie sich vor den Spiegel. Das Kleid ist viel zu lang für sie. Sie befühlt den glatten Stoff.

Da hört sie plötzlich ein Knarren auf der Treppe.
Sara hält den Atem an und horcht angestrengt.
Im Spiegel sieht sie sich selbst in dem rosafarbenen Kleid.
Es knarrt noch einmal, und jetzt gibt es wirklich keinen Zweifel. Da ist jemand auf dem Weg die Treppe hinauf! Die Schritte nähern sich langsam. Sara bleibt wie vom Donner gerührt stehen. Da kommt eine kleine, magere alte Frau ins Zimmer. Die Haare stehen ihr wie eine weiße Wolke ums Gesicht, und sie stützt sich auf einen Stock. Erstaunt sieht sie Sara an und kneift die Augen zusammen.
»*Bist du es?*«
Die Stimme zittert.
Saras Gesicht, ja, ihr ganzer Körper glüht.
Was hat sie nur getan? Es wohnt jemand im Haus! Und sie ist hier reinspaziert und hat herumgeschnüffelt!
Schnell windet sie sich aus dem Kleid, murmelt eine Entschuldigung und drängt sich an der alten Frau vorbei.
Die ruft ihr nach:
»Wer bist du? Wie bist du an diese Kleider gekommen?«
Sara antwortet nicht. Sie eilt die Treppe hinunter, reißt ihren Rucksack an sich und rennt in den Garten hinaus. Dann radelt sie, so schnell sie kann, durch den Wald. Erst als sie zu Hause angekommen ist, in Sicherheit hinter der Tür, beruhigt sie sich.

Nie wieder wird sie zur *Schönen Aussicht* fahren!
Da bemerkt sie, dass sie immer noch die Perlenkette um den Hals trägt.

6

Sara lässt sich auf dem Bett in ihrem Zimmer nieder. Ihr Nacken ist vom Schweiß feucht, und die Kette fühlt sich richtig warm an. Die Perlen sind groß und ungleichmäßig, sie sehen aus, als wären sie weiß, aber wenn man genau hinsieht, sieht man, dass sie in vielen verschiedenen Farben schimmern. Mitten in der Perlenreihe hängt ein kleiner goldener Anhänger, in den der Buchstabe *J* eingraviert ist. Sara streicht mit dem Finger über den Anhänger und denkt an die alte Frau in der Pension. Ob die Kette ihr gehört?
Es kneift in der Magengegend. Sie hat jemandem die Kette weggenommen. Sie ist eine Diebin! Was, wenn die Frau sie nun bei der Polizei angezeigt hat?
Eilig versteckt sie die Kette unter ein paar Büchern in einer Schreibtischschublade. Dann geht sie ins Wohnzimmer hinunter, setzt sich vor den Fernseher und zappt zwischen den Kanälen herum. Doch die ganze Zeit muss sie darüber nachdenken, was sie mit der Kette tun wird. Wenn nur

Bea zu Hause wäre! Der fällt alles leicht, die findet immer eine Lösung.

Sie ist froh, als ihre Mutter nach Hause kommt, jetzt muss sie nicht mehr mit all ihren Gedanken allein sein.
Mama ist erschöpft.
»Ach, ich habe heute Nacht so schlecht geschlafen«, seufzt sie.
Dann setzt sie sich in einen Liegestuhl im Garten, schmiert sich das Gesicht mit Sonnencreme ein und dreht es zur Sonne.
»Es ist Dienstag«, erinnert Sara sie. »Wir müssen einkaufen.«
Die beiden gehen jeden Dienstag zusammen einkaufen. Dann fahren sie zum Großmarkt vor der Stadt und kaufen alles, was sie für die ganze Woche brauchen.
»Hm«, murmelt Mama. »Ich will einfach noch ein klein wenig hier sitzen.«
Sara wartet. Sie marschiert im Garten auf und ab. Ach, sie will jetzt weg hier, will nicht mal mehr in der Nähe der Kette sein müssen. Am liebsten würde sie vergessen, dass es sie überhaupt gibt!
Ihre Mutter fängt an, im Liegestuhl zu schnarchen, und Sara piekst sie in die Seite.
»Bitte, können wir jetzt nicht fahren? Wach auf!«

Ihre Mutter setzt sich auf. Ihre Nase glänzt von der Sonnencreme, und die Haare sind zerzaust.
Verwirrt sieht sie sich um.
»Ist Bea nach Hause gekommen?«
Sara seufzt.
»Nein, das ist sie nicht, und jetzt müssen wir zum Einkaufen fahren. Beeil dich!«
Sie merkt, wie es in ihrem Körper kribbelt.
»Ich habe geträumt, Bea sei zurückgekommen«, sagt ihre Mutter. »Ich muss noch mal bei der Polizei anrufen. Vielleicht haben die ja was gehört.«
Sara holt das Handy ihrer Mutter.
»Dann ruf schon an«, sagt sie sauer.
Es ist völlig egal, ob Bea zu Hause ist oder nicht. Es dreht sich sowieso alles immer nur um sie!

Eine Weile später sind sie im Auto unterwegs. Sara sitzt vorn auf dem Beifahrersitz. Das gefällt ihr, da kann man gut sehen. Ihre Mutter hat mit der Polizei gesprochen, die sagen, sie tun, was sie können, und sie soll versuchen, ruhig zu bleiben.
»Die haben gut reden«, murmelt ihre Mutter.
Sie fahren den Hügel hinunter, durch den Ort, an Veras Haus und an dem menschenleeren Schulhof vorbei, und dann auf die Schnellstraße.

»Hier bin ich gerade dabei, ein Haus zu verkaufen«, sagt Saras Mutter plötzlich und zeigt über einen Acker. »Darin hat ein alter Mann gewohnt, der ist jetzt aber gestorben. Eine ganze Woche hat er tot dagelegen, ehe ein Nachbar vorbeigekommen ist und ihn gefunden hat.«

Saras Mutter schüttelt den Kopf.

»Es ist schlimm, wenn man so allein ist«, sagt sie.

Sara muss an die alte Frau in der Pension denken. Ob die auch so allein ist?

Auf dem Parkplatz schlägt ihnen die Hitze entgegen, doch drinnen im Supermarkt ist es angenehm kühl.

Jede holt sich einen Einkaufswagen, und dann schieben sie in unterschiedliche Richtungen los. Saras Mutter geht zum Kühlregal und Sara zu Obst und Gemüse. Sie füllt Tüten mit Äpfeln und Birnen. Eine Gurke, drei Schachteln Kirschtomaten und zwei Kilo frische Kartoffeln. Knoblauch, Zwiebeln und Eisbergsalat. Alles kommt in den Einkaufswagen.

Sie weiß genau, was sie kaufen müssen, und braucht niemals eine Einkaufsliste. Schließlich kaufen sie immer dieselben Sachen. Heute ist es im Laden fast leer, wahrscheinlich sind die meisten an einem so heißen Tag zum Baden am Strand.

Sie rollt den Wagen weiter zum Brot und dann zum Süßigkeitenregal.

Wo ist Mama? Sie sollte jetzt so weit sein. Sie treffen sich immer am Süßigkeitenregal.
Sara dreht um und schiebt den Wagen vor sich her. Im Raum mit den Kühlregalen ist es noch kälter, und da hinten bei der Milch steht ihre Mutter und redet mit einem großen Mann in grauem Anzug.
Ihre Mutter scheint empört.
»Das wäre wirklich eine Schande, wenn man es abreißen würde!«, sagt sie.
»Ja, Sie wollen das Haus natürlich lieber verkaufen und sich daran eine goldene Nase verdienen«, antwortet der Mann säuerlich und sieht auf Saras Mutter herab.
Sara sieht, wie ihre Mutter sich aufrichtet und tief Luft holt. Jetzt ist sie richtig wütend.
»Es geht hier um unser gemeinsames Kulturerbe«, zischt sie. »Solche Häuser werden nicht mehr gebaut!«
Der Mann legt ein überlegenes Lächeln auf.
»Aber wir haben eine Mehrheit für den Abriss.«
Sara schaut in den Einkaufswagen ihrer Mutter. Da liegt ein einsamer Käse. Mehr nicht.
»Entschuldigen Sie, aber ich habe anderes zu tun, als hier zu stehen und bescheuerte Entscheidungen zu diskutieren«, sagt ihre Mutter zu dem Mann.
Dann streckt sie sich an ihm vorbei und greift sich eine Tüte Milch.

Der Mann murmelt etwas, nimmt selbst auch eine Milchtüte und marschiert dann mit langen Schritten davon.
»Tut mir leid«, sagt die Mutter zu Sara, »ich musste mit ihm reden. Aber das ist, als würde man zu einer Wand sprechen. Diese Leute in der Baubehörde sind doch nicht richtig im Kopf. Die wollen ein schönes altes Haus abreißen, und das nur, weil es zu viel kostet, es zu renovieren. Solche Leute, die keine Ahnung vom Wert alter Gebäude haben, machen mich ganz verrückt!«
Ihre Mutter seufzt. Sie hat immer noch eine dünne Schicht Sonnencreme auf der Nase, aber davon weiß sie nichts.
»Ich kann dir mit dem letzten Rest helfen«, sagt Sara.
Im Auto teilen sie sich eine Tüte Himbeerboote. Die Mutter fährt rasant, sie ist immer noch wegen dem Mann in dem grauen Anzug verärgert. Sara sitzt schweigend da und schaut über Felder und Wiesen. Sie denkt über die Kette nach, die zu Hause in der Schreibtischschublade liegt. Vielleicht kann sie hinschleichen und sie auf den Rezeptionstresen legen, ohne dass die alte Frau etwas merkt?
Sie kaut auf einem Bonbon herum und ist schon ein bisschen beruhigt. Ist doch klar, dass sie die Kette zurückbringen wird!
Doch als sie nach Hause kommen, läuft Sara ein kalter Schauer über den Rücken und bis in die Zehen hinein.
Vor dem Haus steht ein Polizeiauto!

Saras Vater sitzt am Küchentisch, und ihm gegenüber ein Polizist mit dunklen, kurz geschnittenen Haaren. Er erhebt sich und gibt Sara und ihrer Mutter die Hand.
»Ich heiße Markus«, sagt er. »Setzen Sie sich, dann können wir sprechen.«
Saras Mutter wird bleich.
»Ist Bea etwas zugestoßen?«, fragt sie besorgt.
Markus schüttelt den Kopf.
»Wir haben keine weiteren Informationen über das Verschwinden von Beatrice. Ich bin nur hier, um ein paar ergänzende Fragen zu stellen.«
Sara ist erleichtert. Er ist also nicht wegen der Perlenkette gekommen!
Doch dann kneift es sie wieder im Bauch. Es ist so ungewohnt, wenn jemand von ›Beatrice‹ spricht statt einfach von Bea, und was sagt er da? Ihr Verschwinden?
Sara will nichts mehr hören. Sie zupft ihre Mutter am Arm.
»Ich gehe in mein Zimmer.«
Die Mutter nickt.
Sara eilt die Treppe hinauf. Sie legt sich in ihr Bett und starrt an die Decke.
Zum Prinzen, denkt sie und merkt, wie sie diese Kneipe hasst.

7

Am nächsten Tag legt Sara die Perlenkette in ihren Fahrradkorb und radelt den langen Weg hinaus zur Pension. Sie lässt das Fahrrad ein Stück davor im Wald zurück, damit es nicht zu sehen ist, und dann schleicht sie durch das Gartentor. Im Garten hört man Hummelgebrumm, und ein Zitronenfalter flattert über einem struppigen Lavendelbusch. Das Haus sieht ebenso leer und verlassen aus wie immer. Die Tür steht einen Spalt offen.

Langsam und vorsichtig schiebt sie die Tür auf und betritt die dunkle Eingangshalle.

Sie blinzelt mit den Augen, um besser sehen zu können.

»Ich habe auf dich gewartet.«

Sara fährt zusammen. Die alte Frau steht hinter dem Tresen. Sie trägt eine weiße Bluse und einen schwarzen Rock. Über den Schultern hat sie einen grauen, gehäkelten Schal, und das Haar ist im Nacken zu einem Knoten aufgesteckt.

»Komm mit«, sagt die Frau mit entschiedener Stimme.

Sie geht in Richtung Wintergarten. Eines ihrer Beine ist kürzer als das andere, und obwohl sie eine dicke Sohle unter dem Schuh hat, läuft sie doch ein wenig hinkend.
Sara folgt ihr. In der Ecke neben dem Teppich liegen immer noch die Porzellanscherben. Auf dem Tisch steht die blau geblümte Tasse.
Die alte Frau setzt sich in einen Korbstuhl und bedeutet Sara, sich in den Stuhl ihr gegenüber zu setzen.
»Na, wie heißt du?«
»Sara.«
»Und dein Nachname?«
»Lind.«
»Du scheinst eine neugierige Person zu sein, Sara Lind.«
Die alte Frau beugt sich vor und sieht Sara eingehend an. Ihre Augen sind dunkelgrau.
»Ich dachte, hier würde niemand wohnen«, sagt Sara leise.
»*Ich* wohne hier. Aber ich habe ein paar Tage im Krankenhaus gelegen. Das Herz macht nicht mehr richtig mit.«
Die alte Frau schweigt einen Moment. Doch dann plötzlich fangen ihre grauen Augen an zu funkeln.
»Du musst ja es ganz schön mit der Angst zu tun gekriegt haben, als du mich gestern gesehen hast«, sagt sie.
Sara nickt. Und wie!
Die alte Frau beginnt zu lachen, erst leise vor sich hin und dann immer lauter, dass es nur so gluckst.

»Ich bin auch ganz schön erschrocken, als ich dich gesehen habe«, keucht sie. »Ich habe dich nämlich für jemand anders gehalten.«
Sara kann nicht umhin, auch vorsichtig ein bisschen zu lachen. Wie verrückt das alles war.
Sie hält die Perlenkette hin.
»Entschuldigen Sie«, sagt sie. »Ich habe die aus Versehen mitgenommen.«
Plötzlich ist die alte Frau wieder ernst.
Ihre Hände zittern, als sie die Kette entgegennimmt.
»Nein, dass du die gefunden hast!«, sagt sie.
»Sie lag in dem Koffer unter dem Bett«, erklärt Sara.
Die alte Frau sieht mit zärtlichem Blick auf den Anhänger.
»Sie muss den Koffer vergessen haben. Damals, in dem letzten Sommer«, murmelt sie vor sich hin.
Doch dann verändert sich plötzlich ihr Gesichtsausdruck, und sie legt die Kette abrupt auf den Tisch vor sich.
»Kein Grund, sentimental zu werden.«
Sie erhebt sich.
»Darf ich zu einem Glas Holundersaft einladen?«

Die alte Frau holt einen Krug Saft und zwei hohe Kristallgläser.
»Aber, entschuldige bitte, ich habe ja völlig vergessen, mich vorzustellen«, sagt sie. »Ich heiße Amanda.«

Dann gießt sie Saft in ein Glas und sieht erwartungsfroh zu, während Sara trinkt.
»Supergut«, sagt Sara.
Amanda sieht zufrieden aus.
»Gustav hat die Holunderbüsche gepflanzt. Er war der Gärtner hier in der Pension. Der gute alte Gustav, was hat er nicht alles mit seinem Garten angestellt. Zum Glück ist er tot und muss nicht mitansehen, wie heruntergekommen jetzt alles ist.«
Sie gießt sich selbst ein Glas ein, setzt sich hin und nippt am Saft.
»Es ist so nett, Gesellschaft zu haben. Ganz selten nur wagt sich jemand hierher.«
Sara merkt, wie sie sich langsam entspannt. Amanda scheint nett zu sein.

Sara bleibt mehrere Stunden in der Pension. Amanda fragt sie alles Mögliche, nach der Schule und ihren Freunden und was Sara tagsüber gern macht. Sie hört zu und nickt und gießt noch mehr Saft in die Gläser. Und irgendwann erzählt Sara dann auch von Bea.
»Sie ist abgehauen«, sagt sie. »Und nur ich allein weiß, wo sie ist. Aber ich habe versprochen, niemandem etwas zu sagen.«
Amanda wird ernst.

»Es ist ganz übel, die Menschen in Ungewissheit zu lassen«, sagt sie. »Das Warten kann einen verrückt machen.«
Ein Sonnenstrahl fällt durch das Fenster und landet auf dem Haufen Porzellanscherben.
Die Scherben glänzen im Sonnenlicht. Amanda betrachtet sie traurig.
»Diese Scherben da hätte ich schon vor langer Zeit wegwerfen sollen«, sagt sie.
»Ich finde sie schön«, entgegnet Sara.
Sie meint, man könnte sie doch abwaschen und zu irgendetwas verwenden. Vielleicht könnte man sie zusammen mit Steinen und Schneckenhäusern in eine Schale legen.
Amanda sieht sie an.
»Du siehst Schönheit in Scherben«, sagt sie nachdenklich.
Dann nimmt sie die Tasse, die vor ihnen auf dem Tisch steht, und dreht und wendet sie.
»Denk nur, dass ausgerechnet eine *Mon-Amie*-Tasse übrig geblieben ist.«
Sie fährt mit den Fingern über die blauen Blumen.
»Kennst du die Sprache der Blumen?«
Sara schüttelt den Kopf.
»Blaue Blumen bedeuten Treue bis in den Tod«, erklärt Amanda.
Sie stellt die Tasse auf den Tisch und lehnt sich im Korbstuhl zurück.

»Ich habe so viele Jahre gewartet«, fährt sie fort. »Und jetzt geht das Leben langsam zu Ende. Das hier wird mein letzter Sommer in der Pension sein.«
Dann verstummt sie und wendet den Blick zum Meer.
Sara versteht nicht richtig, was Amanda meint.
Wieso der letzte Sommer? Und worauf wartet sie?
Sie fragt nicht, sondern trinkt ihren Saft aus.
»Danke für den Saft«, sagt sie und steht auf. »Ich muss jetzt mal nach Hause fahren.«
Amanda antwortet nicht.
Sie schaut, tief in Erinnerungen versunken, über das Meer.

8 

Die Tage vergehen, und Bea kommt nicht zurück. Saras Eltern werden immer unruhiger. Ihre Mutter ruft mehrmals am Tag bei der Polizei an, aber dort hat man nichts Neues zu berichten.

Abends sitzen die Eltern im Garten. Saras Mutter weint so viel, dass ihre Augen ganz rot und geschwollen aussehen, und ihr Vater raucht, obwohl er eigentlich schon vor mehreren Jahren damit aufgehört hat.

Sara hält sich meist in ihrem Zimmer auf. Sie steht am Fenster und sieht auf den Garten hinunter und auf ihre Eltern, die da sitzen. Von hier oben sehen sie klein aus.

Das Warten kann einen verrückt machen, hat Amanda gesagt.

Wie sie das wohl gemeint hat?

Wenn nun ihre Eltern vom Warten verrückt werden!

Plötzlich hat sie eine Idee. Diese Kneipe müsste doch im Internet zu finden sein! Vielleicht hat sie sogar eine eigene Website, dann könnte sie dort anrufen und Bea sagen,

dass ihre Eltern vor Sorge ganz verrückt werden und dass Bea sofort von sich hören lassen muss!
Sie geht in Beas Zimmer und schaltet den Computer ein. Schreibt *Zum Prinzen* und kriegt jede Menge Treffer.
Dass sie nicht schon früher darauf gekommen ist! Jetzt wird sich alles auflösen! Sie klickt herum und liest. In Stockholm gibt es ein *Restaurant zum Prinzen*, aber in Kopenhagen kann sie ein solches Lokal nicht finden. Sie wird nervös. Wohin ist Bea nur verschwunden?
Allerdings könnte es ja sein, dass dieses Lokal ganz neu eröffnet ist und dass sie es deshalb noch nicht geschafft haben, eine Adresse oder Telefonnummer ins Netz zu stellen. Ja, so wird es wohl sein.
In dem Moment klingelt das Telefon.
Sara fährt zusammen.
Bea?
Doch es ist nicht Bea, sondern Vera.
Sara nimmt das Telefon mit in ihr Zimmer und setzt sich aufs Bett.
»Hier passiert rein gar nichts«, klagt Vera. »Meine Cousins sitzen den ganzen Tag nur rum und spielen Schach! Und außerdem gibt es so viele Mücken, dass man nicht mal rausgehen kann!«
Sara lächelt. Und das Vera, die doch so gern draußen unterwegs ist!

»Ich wäre viel lieber bei dir und Bea und würde euch beim Streichen helfen«, fährt Vera fort. »Wie fand deine Mutter das Orange?«

Vera kichert, und obwohl sie in Norrland und damit mehr als tausend Kilometer entfernt ist, fühlt es sich plötzlich an, als würde sie neben Sara auf der Bettkante sitzen. Sara wird ganz warm ums Herz.

Sie erzählt von Bea, die abgehauen ist, und von ihren Eltern, die sich furchtbar Sorgen machen. Es ist, als würden alle Worte nur so aus ihr herausfließen. Vera hört zu und brummt zustimmend. Sie versteht. Dann erzählt Sara von der *Pension zur Schönen Aussicht*, von der Perlenkette, die sie versehentlich geklaut hat, und von dem Kätzchen mit dem traurigen Blick.

Vera holt tief Luft.

»Oh, ein verwunschenes Haus, wie herrlich!«, seufzt sie.

Plötzlich hört man Geschrei und Lärm im Hintergrund.

»Meine Cousins«, erklärt Vera. »Endlich sind sie mit ihrem Schachspiel fertig. Jetzt essen wir, deshalb muss ich auflegen. Mama hat draußen gestanden und gegrillt, deshalb ist sie jetzt total zerstochen.«

»Grüß die Mücken«, kichert Sara.

»Ja, danke, werde ich machen«, erwidert Vera. »Und versprich mir, dass du zu der Pension zurückfährst. Das scheint da echt superspannend zu sein. Tschüss!«

Sara bleibt mit dem toten Telefonhörer in der Hand auf dem Bett sitzen. Sie denkt an Vera. Als sie sich zum ersten Mal begegnet sind, gingen beide noch in den Kindergarten. Veras Mutter hatte einen neuen Job angefangen, und deshalb waren sie den weiten Weg von Norrland in den Süden gezogen.

Beim Stuhlkreis durften Sara und Vera nebeneinander sitzen. Die Erzieherin hat erzählt, dass sie beide am selben Tag Geburtstag haben, am vierten April nämlich, und als Obststunde war, haben sie sich einen Apfel geteilt. Seit dem Tag sind sie Freundinnen.

Sie lächelt vor sich hin. Dann steht sie auf und geht ans Fenster. Ihre Eltern sitzen immer noch draußen, aber jetzt sind sie nicht mehr allein. Unter dem Apfelbaum sitzt die kleine schwarze Katze!

Sara eilt in die Küche und gießt etwas Sahne in eine Schüssel, die sie dann in den Garten trägt.

»Was machst du denn, Sara?«, fragt ihre Mutter. »Was hast du da in der Schale?«

»Sahne für die Katze.«

Sara hockt sich hin und lockt das Kätzchen.

Ihre Mutter schaut sich um.

»Welche Katze?«

»Da, das kleine schwarze Katzenjunge«, antwortet Sara und zeigt auf die Katze.

Ihre Mutter und ihr Vater schauen zum Apfelbaum. Dann schütteln sie die Köpfe.
»Jetzt träumst du wohl«, sagt ihr Vater. »Da ist keine Katze.«
Er steht auf und geht ins Haus.
»Uh, wie kühl es geworden ist«, sagt auch ihre Mutter und steht ebenfalls auf.
Sara bleibt draußen im Garten. Sie versteht gar nichts mehr.
Haben sie denn die Katze nicht gesehen?

Am nächsten Morgen sitzt die Katze immer noch unter dem Baum. Sara steht am Fenster ihres Zimmers und sieht zu, wie ihre Eltern auf dem Weg zur Arbeit an dem Tier vorbeieilen.
Sie setzt sich auf ihr Bett und ruft Vera an.
»Noch fünf Tage bis Mittsommer«, stöhnt Vera. »Dann komme ich nach Hause.«
»Kannst du deine Mutter nicht fragen, ob ihr ein bisschen früher fahren könnt?«, fragt Sara.
»Hab ich schon«, erwidert Vera. »Aber sie weigert sich. Sie würde am liebsten den ganzen Sommer bleiben.«
Sara seufzt.
»So schade, dass du nicht mitkommen konntest«, meint Vera.

»Hm.«

Veras Mutter hatte nämlich gefragt, ob Sara mit nach Norrland fahren wolle, aber Sara sollte ja mit Bea zu Hause sein. Deshalb hat sie abgelehnt. Oh, wie sie das jetzt bereut!

Sara sieht wieder aus dem Fenster.

»Das Kätzchen scheint die ganze Nacht über im Garten gesessen zu haben«, erzählt sie. »Aber Mama und Papa sehen es nicht.«

»Wieso das denn? Versteckt es sich, wenn sie kommen?«

»Nein, aber sie sehen es trotzdem nicht.«

»Komisch.«

Plötzlich bemerkt Sara, wie das Kätzchen sich herumdreht und durch den Garten läuft, zur Straße und dann den Hügel hinunter.

»Jetzt läuft es weg!«, sagt sie erstaunt zu Vera.

»Schnell, lauf hinterher«, ruft Vera. »Tschüss! Und ruf mich an, wenn du zurück bist!«

Sara fährt mit dem Rad hinterher. Endlich holt sie das Kätzchen ein. Als es sie sieht, läuft es schneller. Sara radelt so schnell sie kann. Bald sind sie unten am Meer, und Sara begreift, dass die Katze auf dem Weg zurück zur Pension ist.

9

Amanda freut sich, als sie kommt.
»Hast du einen besonderen Wunsch?«
Sara weiß nicht, was sie antworten soll.
Schließlich ist sie nur der Katze hinterhergelaufen. Mal wieder.
»Wie schön ist es doch, wenn mich mal jemand besucht, ohne etwas Bestimmtes zu wollen«, fährt Amanda fort. »Sonst kommen die Leute nämlich immer hierher, um mich dazu zu überreden, wegzuziehen. Aber das habe ich nicht vor!«
Amanda lächelt ein wenig.
»Setz dich nur in den Wintergarten, dann hole ich Saft«, sagt sie.

Sara lässt sich in einem Korbstuhl nieder, und die Katze rollt sich zu ihren Füßen zusammen. Die Perlenkette liegt noch auf dem Tisch.
Amanda ist bald zurück. Sie hat das Tablett mit dem Saft

und den Kristallgläsern dabei, und unter dem Arm hält sie ein Fotoalbum.
»Das ist schon ein wenig verstaubt«, sagt sie. »Es ist Jahre her, dass ich hineingeschaut habe. Aber ich glaube, in diesem Album gibt es eine alte Aufnahme von der Pension, dann kannst du mal sehen, wie es früher hier aussah. Es war nämlich keineswegs immer so heruntergekommen wie jetzt, musst du wissen.«
Sara möchte die Fotos sehr gern ansehen, dann hat sie Vera etwas zu erzählen, wenn sie nach Hause kommt.
Amanda schlägt das Album auf.
»Das hier bin ich, als ich klein war.«
Sie zeigt ihr ein Foto, auf dem ein schmales blondes Mädchen zu sehen ist, das auf der Eingangstreppe zu einem kleinen Haus sitzt. Neben ihm liegt ein Stock.
»Ich bin mit einem Hüftfehler geboren«, erklärt Amanda. »Oh, was haben mich die anderen Kinder aufgezogen, weil meine Beine unterschiedlich lang waren!«
Sara geht etwas näher ran, um besser sehen zu können.
»Aber Gustav hat mich immer verteidigt und den anderen mit Prügel gedroht, wenn sie gemein waren. Wir waren Schulkameraden, Gustav und ich.«
Amanda blättert um.
»Hier haben wir ihn. Aber da ist er natürlich schon erwachsen.«

Ein breitschultriger Mann in kariertem Hemd schaut ernst in die Kamera.
»Gustav hat dann dafür gesorgt, dass ich hier in der Pension eine Anstellung bekommen habe. Er hat im Garten gearbeitet und ich in der Küche. Ich wäre gern noch weiter zur Schule gegangen, ich habe davon geträumt, Lehrerin zu werden, aber in einer armen Familie war so etwas damals undenkbar. Vor allem für jemanden, der hinkt, so wie ich.«
Amanda blättert ein paar Seiten weiter.
»Die *Pension zur Schönen Aussicht*!«
Das Haus ist strahlend weiß mit einem ordentlich geharkten Kiesweg davor, schnurgeraden Blumenbeeten und prächtigen Rosenbüschen.
»Schön, nicht wahr?«, fragt Amanda stolz.
Sara nickt.
»Das war harte Arbeit von morgens bis spätabends. Das Frühstück wurde um sieben Uhr serviert, das Mittagessen um zwölf, um drei Uhr dann der Nachmittagstee und um acht Uhr das Abendessen. In der Zwischenzeit mussten die Zimmer gemacht werden. Direktor Dahlström, der Besitzer der Pension, war ein richtiger Pedant. Der brachte es fertig, mit dem Finger über einen Bilderrahmen zu fahren, um zu sehen, ob er auch abgestaubt war. Und nie war er zufrieden. Das Silber musste frisch geputzt sein, die

Kristallgläser funkelnd sauber, und wehe uns, wenn wir nicht jeden Morgen die Teppiche ausklopften.«
Amanda lächelt traurig.
»Jedes Mal, wenn ein Gast seinen Koffer packte, um abzureisen, brannte in meiner Brust die Sehnsucht, mitzufahren. Ich dachte, es müsste doch mehr im Leben geben, als zu putzen, zu spülen und andere zu bedienen.«
Amanda sieht übers Meer.
»Aber wir sind hiergeblieben, Gustav und ich. Und eines Tages brach er zusammen. Der ganze große Kerl lag regungslos auf dem Boden. *Verzeih*, sagte er, und dann starb er.«
Amanda sieht Sara an.
»Ich habe nie begriffen, warum er das gesagt hat. Wo er doch sein ganzes Leben lang so freundlich war, wofür hätte er um Verzeihung bitten müssen?«
In diesem Moment öffnet die Katze ihre goldbraunen Augen. Sara sieht, wie sich die Pupillen ein wenig weiten und das Tier die Ohren spitzt.
Amanda schüttelt leicht den Kopf.
»Nein, das ist ein Rätsel, auf das ich wohl nie eine Antwort bekommen werde.«
Sara betrachtet das Foto. Der Garten sieht so groß aus, er reicht bis zum Waldrand.
»Aber, wo ist denn die Mauer?«, sagt sie erstaunt.

»Zu der Zeit hat es um die Pension noch keine Mauer gegeben«, antwortet Amanda. »Die hat Gustav viel später angelegt.«

Amanda sieht nachdenklich aus.

»Das war sehr seltsam, muss ich sagen. Gustav war wie besessen davon, diese Mauer zu errichten. Es war, als wolle er etwas draußen halten. In den letzten Jahren ging es ihm nicht gut. Irgendetwas belastete ihn. Aber ich weiß nicht, was.«

Sie blättert noch eine Seite um.

Ein einzelnes Foto. Eine Frau mit dunklen Augen und langem glatten Haar lächelt sie geheimnisvoll an. Die Frau sitzt im Wintergarten und hält etwas in der Hand. Sara beugt sich vor, um es besser sehen zu können. Es ist eine *Mon-Amie*-Tasse.

»Wie schön sie ist«, sagt Sara.

Amanda schlägt das Album mit einem Knall zusammen.

»Genug von vergangenen Zeiten geredet«, sagt sie und steht so abrupt auf, dass sie dabei fast das Gleichgewicht verliert. »Jetzt musst du nach Hause gehen. Ich kann nicht mehr.«

Sie nimmt ihren Stock und hinkt mit dem Album unter dem Arm davon.

Sara sieht ihr erstaunt nach.

Was war das denn? Warum hatte sie es plötzlich so eilig?

Sie steht auf. Da ist es wohl am besten, wenn sie tut, was Amanda gesagt hat, und nach Hause fährt.
Aber was liegt denn da?
Vor dem Stuhl, auf dem Amanda gesessen hat, sieht sie einen vergilbten Zeitungsausschnitt. Der muss aus dem Album gefallen sein. Sara hebt ihn auf. Dieselbe Frau wie auf dem Foto lächelt sie an, diesmal mit einem Strauß Rosen im Arm. *Französische Schauspielerin schwedischer Herkunft feiert Erfolg in Paris ...* Der Rest des Textes ist abgerissen. Sara betrachtet das Bild. Um den Hals der Frau hängt in zwei Reihen die Perlenkette.
Dann muss sie diejenige sein, der die Kette gehört! Und sie hat auch im Zimmer mit den rosa geblümten Tapeten den Koffer unter dem Bett vergessen.
Sara nimmt die Perlenkette vom Tisch und betrachtet den Anhänger mit dem eingravierten *J*. Dann sieht sie sich den Zeitungsausschnitt noch einmal an.
Wie die Schauspielerin wohl heißt? Schade, dass der Text abgerissen ist.
Sara legt den Zeitungsausschnitt zwischen die Tasse und die Kette auf den Tisch.
Dann radelt sie nach Hause. Jetzt hat sie Vera einiges zu erzählen. Aber sie ist auch ein wenig traurig, dass Amanda sie so abgefertigt hat. Nun wird sie wahrscheinlich nicht mehr zur Pension fahren.

»Wie war es?«, fragt Vera gespannt.
Sara seufzt und erzählt ihr von ihrem seltsamen Besuch in der Pension.
»Was meinst du, hat es Amanda vielleicht traurig gemacht, das Foto zu sehen?«, fragt Vera.
Sara denkt nach.
»Ja, vielleicht. Und dann habe ich noch einen Zeitungsausschnitt mit einem anderen Bild von dieser Frau gesehen. Und weißt du was, um den Hals hatte sie die Perlenkette!«
Sie hört, wie Vera den Atem anhält.
»Wow!«
Sara stellt sich ans Fenster und sieht in den Garten hinaus. Da, unter dem Apfelbaum, sitzt die kleine Katze.
»Und jetzt sitzt die Katze wieder hier draußen.«
»Geheimnisvoll«, meint Vera.
Sie schweigen einen Moment.
Plötzlich hört Sara, wie in Veras Nähe ein Auto hupt.
»Du, wir fahren jetzt in die Stadt«, sagt Vera eilig. »Mama sitzt schon im Auto und wartet. Ich muss auflegen. Tschüss!«
Und weg ist sie.
Sara bleibt am Fenster stehen und sieht zur Katze hinüber, die unverwandt zurückschaut.

10

Das Wetter bleibt weiterhin heiß. Im Fernsehen reden sie von Hitzerekorden in Südschweden. Sara liegt ganze Tage lang nur auf der Decke draußen im Garten. Sie blättert in Zeitschriften und versucht, die Zeit rumzukriegen.

Vera findet, dass Sara noch einmal in die Pension fahren sollte. Aber Sara will nicht. *Jetzt musst du nach Hause gehen. Ich kann nicht mehr.* Amandas harte Worte nagen an ihr.

Als der Abend kommt, macht Sara das Fenster weit auf. Obwohl die Sonne untergegangen ist, ist die Luft draußen immer noch warm.

Sara schläft unruhig.

Sie träumt, dass sie wieder in der Pension ist. Es ist wie ein Film, der in lauter abgetrennten Stücken gezeigt wird: Gustav, der *Verzeih* flüstert, die Stimme von Amanda *Das ist ein Rätsel.* Dann sieht sie die schwarz-weiße Fotografie vor sich. Die Schauspielerin mit der *Mon-Amie*-Tasse in

der Hand lächelt sie an, aber plötzlich verändern sich ihre Gesichtszüge, und an ihrer Stelle sitzt Bea da:
Aber versprich mir, dass du das niemandem erzählst!, sagt sie. *Egal, was passiert!*
Dann lässt sie die Tasse auf den Boden fallen, und sie zerspringt.
Sara wacht mit einem Ruck auf. Sie setzt sich hin. Das ist alles so seltsam. Sie hat das Gefühl, als wolle der Traum ihr etwas sagen – aber was nur?
Es ist viertel vor sechs. Das Telefon liegt auf dem Nachttisch. Eigentlich ist es blöd, jemanden anzurufen und zu wecken, aber sie tut es trotzdem. Sie muss mit Vera reden, und zwar jetzt!
Es klingelt viele Male, bis eine verschlafene Stimme antwortet.
»Hallo?«
Das ist Veras Mutter.
»Hallo, hier ist Sara, entschuldige, aber ich müsste mal mit Vera reden.«
Sara flüstert.
Veras Mutter murmelt etwas am anderen Ende. Es raschelt im Hörer, und dann ist Veras müde Stimme zu hören.
»Warum rufst du denn um diese Uhrzeit an?«
»Ich muss einfach mit dir reden. Ich hatte so einen geheimnisvollen Traum von der Pension.«

»Was hast du denn geträumt?«
Jetzt klingt Vera eifrig und gar nicht mehr müde.
Sara erzählt von ihrem Traum und von der *Mon-Amie*-Tasse, die kaputtgegangen ist.
»Was heißt denn *Mon Amie*?«, fragt Vera.
»Keine Ahnung, aber es klingt irgendwie Französisch.«
»Warte mal«, sagt Vera, »ich werde Mama fragen.«
Sara hört, wie Vera mit dem Telefon wandert.
»Mama, wach auf. Was heißt *Mon Amie*?«
Sara schämt sich. Die arme Mutter von Vera. Jetzt wird sie schon wieder geweckt.
»Das heißt *Meine Freundin.*«
Veras Mutter klingt sehr müde und gleichzeitig erstaunt.
Dann ist Vera wieder dran.
»Hast du gehört?«
»Ja.«
Vera gähnt.
»Es ist wohl am besten, wenn du auf jeden Fall wieder in die Pension fährst. Jetzt, wo du sogar schon davon träumst.«
»Ja, vielleicht«, sagt Sara. »Danke für deine Hilfe.«
»Tschüss, und schlaf gut«, antwortet Vera.

Sara stellt sich ans Fenster und sieht hinaus in den bleichen Sommermorgen. Unter dem Apfelbaum ist wie ein

dunkler Schatten mit glitzernden Augen die Katze zu erkennen.
»Was willst du?«, flüstert Sara.
Vielleicht hat Vera ja recht, und sie sollte noch einmal zur Pension fahren.
Im Zimmer ist es heiß und stickig. Sie zieht sich ein paar Shorts und ein Hemd über, bindet die Haare zu einem Pferdeschwanz und schleicht in die Küche. Dort schreibt sie einen Zettel und legt ihn auf den Tisch:

Bin bald zurück
Kuss, Sara

Doch dann tun ihr ihre Eltern plötzlich leid, weil sie, wenn sie aufwachen, nun noch einen Zettel auf ihrem Küchentisch finden müssen. Also deckt sie Frühstück auf, wirft die Kaffeemaschine an und schneidet Brot. Sie gießt Orangensaft in eine Karaffe und stellt Käse und Marmelade auf den Tisch. Dann betrachtet sie den Frühstückstisch. Da gibt es jetzt wirklich alles, was man sich wünschen kann. Trotzdem fehlt noch irgendetwas. Vielleicht eine Blume? Oder …
Sie öffnet den Schrank mit den vielen Tonfiguren von ihrer Mutter. Die lachen ihr mit fröhlichen Augen entgegen. Sara wählt diejenige aus, die am meisten lacht, eine kleine

Tante, deren Mundwinkel bis zu den Ohren gehen, und stellt sie mitten auf den Tisch. Den Zettel legt sie daneben. Jetzt werden ihre Eltern hoffentlich ein bisschen fröhlich sein.

Dann radelt sie zur Pension.

11

Amanda sitzt im Morgenmantel im Wintergarten. Sie lächelt, als sie Sara sieht.
»Wie schön, dass du wiedergekommen bist«, sagt sie leise.
Sara nickt und setzt sich. Die Katze hat sich zu Amandas Füßen auf den Boden gelegt und die Augen geschlossen.
»Verzeih mir, dass ich neulich so aufbrausend war«, fährt Amanda fort. »Aber es sind so viele schmerzhafte Erinnerungen, die plötzlich wieder zum Leben erweckt wurden.«
»Erinnerungen an sie? Die Schauspielerin?«
Sara fragt, ohne weiter nachzudenken.
»Ja, Erinnerungen an *Juliette*«, antwortet Amanda mit leiser Stimme.
Dann beugt sie sich vor und nimmt die Perlenkette.
»Stell dir vor, ich wusste gar nicht, dass dieser Koffer dort oben lag. Nachdem die Pension geschlossen wurde, hat Gustav im oberen Stockwerk gewohnt. Ich hielt mich in meinem Zimmer im Erdgeschoss auf. Und natürlich hier im Wintergarten. Hier sitze ich am liebsten.«

Amanda verstummt. Sara wartet.

»Jeder Mensch hat sein Geheimnis«, beginnt Amanda schließlich. »Und ich habe meines. Doch nun werde ich bald sterben, mein Herz kann nicht mehr. Deshalb ist es vielleicht an der Zeit, dass ich jetzt meine Geschichte erzähle. Natürlich nur, wenn du sie hören möchtest.«

»Ja«, antwortet Sara, »das will ich.«

Amanda holt die Kristallgläser und den Holundersaft. Sie zieht den Morgenmantel fester um sich und lehnt sich im Korbstuhl zurück.

Dann beginnt sie zu erzählen:

Es war ein Mittsommermorgen, als Juliette zum ersten Mal hierher in die Pension kam. Niemand wusste, dass sie kommen würde, sie stand plötzlich einfach mit einer Menge Koffer und Kisten da. Du kannst dir vorstellen, wie erstaunt wir waren. Eine berühmte französische Schauspielerin, hier in der Pension! Sie war betörend schön in ihrem blauen Volantkleid und mit den langen Haaren, die im Wind flatterten. In fast perfektem Schwedisch berichtete sie, dass es das nordische Licht sei, das sie von Paris hierhergeführt habe.

Amanda verstummt einen Augenblick und sieht übers Meer. Dann spricht sie weiter.

In dem Moment, als ich sie sah, wusste ich, dass mein Leben sich auf irgendeine Weise verändern würde. Diese Sehnsucht, die ich so oft gefühlt hatte, wurde zu einem lodernden Feuer in meiner Brust. Doch ich wagte nicht einmal, sie anzusprechen. Direktor Dahlström war natürlich ganz hingerissen, plötzlich einen derart eleganten Gast im Haus zu haben, und scharwenzelte um sie herum, als wäre sie eine Königin.

Eines Morgens dann servierte ich ihr einen Tee in einer Mon-Amie-Tasse. Die Tassen waren ganz neu, sie wurden zum ersten Mal benutzt. Juliette sah wie verzaubert auf die Tasse, und dann wandte sie sich mir zu.

»Wer sind denn Sie, die Sie mir den Tee in einer so schönen Tasse servieren?«, fragte sie.

Und als sie erfuhr, dass ich Amanda heiße, trat ein strahlendes Lächeln auf ihr Gesicht, und sie fragte, ob ich wisse, was mein Name bedeute. Das wusste ich nicht.

»Amanda bedeutet ›die Geliebte‹.«

Von diesem Tag an waren Juliette und ich unzertrennlich. Abends unternahmen wir lange Spaziergänge zusammen. Wir redeten über alles. Sie erzählte vom Leben in Paris, von Kunst und Literatur. Doch irgendwann reiste sie zurück nach Paris, und ich vermisste sie ganz furchtbar. Jedes Jahr an Mittsommer aber kehrte sie in die Pension zurück, und dann war ich grenzenlos glücklich.

Amanda wird ernst und seufzt tief.

Amanda, mon amie, so nannte sie mich. Und ich glaubte ihr. Ich glaubte wirklich, dass ich ihre Freundin sei. Doch ich hätte besser auf Gustav gehört, denn dessen Blick verfinsterte sich immer, sowie er Juliette sah.
»Sie ist ein betrügerischer Mensch«, sagte er dann. »Vertrau ihr nicht!«

Amandas Stimme bricht, und ihre Hand zittert, als sie einen Schluck von ihrem Saft nimmt.

Wir planten ein Leben zusammen, Juliette und ich. Sie versprach mir, eine Wohnung in Paris zu besorgen, und mir dann eine Zugfahrkarte zu schicken.
Das habe ich niemandem erzählt.
Und das war ein Glück, denn eine Fahrkarte kam niemals, und ich habe auch nie wieder von ihr gehört. Wie ich gewartet habe! Mein ganzes Leben wurde ein einziges Warten. Jedes Jahr an Mittsommer deckte ich hier im Wintergarten mit den Mon-Amie-Tassen auf. Doch sie kehrte nie wieder zurück.
Dann starb Direktor Dahlström. Ein entfernter Verwandter von ihm erbte das Haus und versuchte es zu verkaufen, aber niemand war daran interessiert. Es war zu abgelegen, und

eine Pension lohnte sich nicht mehr. Die Pension zur Schönen Aussicht *wurde geschlossen.*
Früher wohnten wir alle ein Stück entfernt in Dienstwohnungen in einem Reihenhaus, die wurden jetzt abgerissen, und ich bin stattdessen hier ins Haus gezogen. Ich weigerte mich, wegzuziehen. Denn was wäre, wenn Juliette plötzlich zurückkehren würde, und ich wäre nicht mehr hier!
Man versuchte, mich zu zwingen, und meinte, ich sei verrückt geworden. Vielleicht ist es ja auch so: Ich bin verrückt geworden vom Warten und von den geplatzten Träumen.
Gustav, der mir immer treu verbunden war, blieb hier und zog im oberen Stockwerk in das hinterste Zimmer. Das war der Zeitpunkt, als er anfing, diese Mauer um die Pension zu bauen. Doch dann starb er, und ich war allein. Aber wenn ich Hilfe brauche, habe ich einen Notrufknopf.

Amanda zieht den Ärmel des Morgenmantels hoch und zeigt Sara ein Armband mit einem Knopf, das sie ums Handgelenk trägt.
»Wenn ich hier drücke, dann kommen die Leute von der Hauskrankenpflege. So bin ich diesen Sommer auch ins Krankenhaus gekommen. Aber wenn mein Herz das nächste Mal Probleme macht, dann drücke ich nicht. Was habe ich denn noch, wofür ich leben könnte?«
Sie sieht zu den Scherben.

»Ich habe die Tassen zerschlagen«, sagt sie. »Das sollte meine Rache sein.«

Sara sitzt schweigend da. Sie denkt nach. Menschen verschwinden doch nicht einfach. Irgendwo sind sie doch immer noch. Stehen morgens auf, frühstücken, ziehen sich an. Natürlich nur, wenn sie nicht gestorben sind.

»Vielleicht ist sie gestorben«, sagt Sara. »Vielleicht hat sie deshalb nichts mehr von sich hören lassen.«

Amanda lächelt schwach.

»Sie ist nicht gestorben. Ich habe in den Zeitungen von ihr gelesen. Die schöne Schauspielerin, die in verschiedenen Theateraufführungen Erfolge feierte. Auf den Bildern hatte sie oft eine düstere Miene, aber sie lebte, das tat sie.«

»Haben Sie denn noch mal versucht, sie zu erreichen? Sie hätten doch anrufen oder einen Brief schreiben können!«

Amanda sieht beleidigt aus.

»Natürlich habe ich das versucht! Aber die Briefe kamen immer zurück, jeder einzelne. Und ich habe versucht anzurufen, aber da war nur ein barscher Franzose am Telefon. Ich habe nicht richtig verstanden, was er gesagt hat, aber ich glaube, es hieß, Juliette sei weggezogen und habe eine neue Telefonnummer. Und sie hat auch einmal hier angerufen. Ich war da gerade im Garten, und sie hat mit Gustav gesprochen. Der hat mir dann erzählt, Juliette wolle nichts mehr von mir wissen. Sie habe ihn gebeten, mir das auszurichten. Aber natürlich hätte ich sie trotzdem aufsuchen sollen. Ich hätte den Zug nach Paris nehmen und eine Antwort auf alle meine Fragen verlangen sollen. Aber das habe ich nie getan, und ich bereue es zutiefst.«

Amanda steht auf und legt ihre Hand aufs Herz.

»Entschuldige bitte, aber ich muss mich jetzt ein wenig ausruhen«, sagt sie.

Sara sieht, dass sie Tränen in den Augen hat.

12 

Während Sara nach Hause radelt, muss sie an das denken, was Amanda erzählt hat. Wie gemein von Juliette, sie im Stich gelassen zu haben. Kein Wunder, dass Amanda die Tassen zerschlagen hat.
Dann denkt sie an ihre Eltern. Hoffentlich haben sie sich über das Frühstück und die Tonfigur gefreut. Und hoffentlich hat Bea endlich von sich hören lassen.

Aber Bea hat nichts von sich hören lassen, und Saras Eltern sind kein bisschen fröhlich – eher im Gegenteil. Als sie nach Hause kommt, steht das Polizeiauto wieder vor dem Haus.
Sara würde am liebsten gleich umdrehen und wieder ans Meer hinunterfahren, aber es ist zu spät. Ihre Mutter hat sie schon entdeckt und winkt ihr aus dem Küchenfenster, dass sie hereinkommen soll.
»Wo warst du?«
Sara zuckt nur mit den Schultern.

Es ist derselbe Polizist wie letztes Mal. Er sitzt am Küchentisch.
»Komm, setz dich. Ich würde dich gern etwas fragen.« Er nickt zu dem Stuhl hin, der zwischen Saras Mutter und ihrem Vater steht. Dann sieht er Sara ernst an.
»Hast du irgendeine Ahnung, wo Beatrice sein könnte?«
Sara starrt auf den Tisch.
»Vielleicht hat sie ja mal mit dir über irgendeinen Ort gesprochen, zu dem sie gern fahren würde.«
Die Stimme von Markus ist sanft. Er klingt freundlich.
Ach, wenn sie es doch nur erzählen könnte. Aber schon hört sie Beas Stimme in ihrem Kopf. *Egal, was passiert. Erzähl es niemand!*
Sara kneift den Mund so fest zusammen, wie sie nur kann, und schüttelt den Kopf.
»Liebe Sara«, sagt ihre Mutter. »Bea hat uns in letzter Zeit gar nichts mehr erzählt. Aber vielleicht hat sie ja etwas zu dir gesagt. Was auch immer! Es könnte ein Anhaltspunkt sein.«
Sara merkt, wie ihr Gesicht ganz heiß wird. Sie hat einen Kloß im Hals, und eine Träne rinnt ihr über die Wange. Schnell wischt sie sie weg.
»Ich frage mich, ob es nicht vielleicht so ist, dass du weißt, wo deine Schwester ist, aber versprochen hast, es niemandem zu verraten.«

Jetzt klingt die Stimme von Markus noch sanfter.
»Das hier ist eine ernste Sache«, sagt ihr Vater und legt seine Hand auf ihre. »Es könnte Bea etwas zugestoßen sein, und wir müssen wissen, wo wir nach ihr suchen sollen!«
Sara kneift die Lippen wieder zusammen. Wie leicht es doch wäre, ganz schnell die beiden Wörter zu sagen, *Zum Prinzen*, aber sie hat es schließlich versprochen. Kann man sie nicht einfach in Ruhe lassen?
»Es ist ja auch wirklich wichtig, seine Versprechen zu halten«, sagt Markus nachdenklich.
Sara sieht vorsichtig auf.
»Jetzt erzähl doch«, sagt ihre Mutter. »Ich verspreche dir, dass wir nicht böse auf Bea sein werden. Wir wollen sie doch einfach nur finden!«
»Sara, bitte«, sagt ihr Vater.
Er hat dunkle Ringe unter den Augen, und sein Hemd ist zerknittert. Ihre Mutter sieht müde und aufgequollen aus. *Champagne Frost* hat sie schon lange nicht mehr benutzt.
»Wir wollen dich nicht unter Druck setzen«, sagt Markus und reicht Sara eine kleine Karte. »Dies ist meine Visitenkarte. Du kannst immer anrufen, wenn dir danach ist.«
Die Eltern bringen Markus zur Tür. Sara hört, wie sie in der Diele mit leisen Stimmen reden.
»Es ist belastend, mit einem Geheimnis allein zu sein«, sagt Markus. »Und Sie können stolz darauf sein, eine

Tochter zu haben, die ihrer Schwester gegenüber so loyal ist und …«

»Aber wie machen wir jetzt weiter?«, unterbricht Saras Vater ihn. »Wir müssen doch versuchen, sie dazu zu bringen, es zu erzählen!«

»Verbringen Sie ein wenig Zeit zusammen«, schlägt Markus vor. »Fahren Sie zum Baden oder machen Sie etwas anderes Nettes. Früher oder später wird sie reden.«

Nie im Leben, denkt Sara.

13

»Sara, willst du ein Toastbrot zum Frühstück?«
Ihre Mutter lächelt und hält ihr eine Brotscheibe hin. Sie hat jetzt schon Urlaub genommen, einen Tag früher als geplant.
»Heute können wir beide uns einen richtig schönen Tag zusammen machen!«, sagt sie.
Sara lässt sich am Tisch nieder.
»Glaubst du, Bea hat es da gut, wo sie ist?«, fragt ihre Mutter vorsichtig.
»Ich weiß nicht«, murmelt Sara. »Aber Bea kommt doch eigentlich immer gut klar. Auf ihre Art.«
Ihre Mutter schweigt einen Moment.
»Ja, da hast du recht«, sagt sie schließlich. »Sie macht alles auf ihre Art. Und das geht immer gut.«
Sie sieht aus dem Fenster.
Über dem Meer türmen sich dunkle Wolken auf.
»Ich dachte, wir könnten mit dem Rad zum Baden fahren, aber nun scheint es Regen zu geben. Sollen wir stattdessen

in die Stadt fahren? Wir könnten doch irgendwo gemütlich Kaffee trinken gehen?«

Sara schüttelt den Kopf.

Nein, heute will sie ganz und gar nicht mit ihrer Mutter zusammen sein. Die würde doch nur die ganze Zeit nach Bea fragen.

»Ich geh raus«, sagt sie und steht auf.

Ihre Mutter sieht sie erstaunt an.

Vor der Tür fällt sie fast über die Katze, die direkt vor dem Eingang sitzt und dann maunzend um ihr Bein kreist, wobei der Schwanz hin und her schlägt.

Das Tier scheint heute ganz verändert. Ob etwas passiert ist?

Sie beugt sich herab und streckt die Hand aus, um das Kätzchen zu beruhigen. Doch es lässt sich nicht streicheln, sondern rennt auf den Weg hinaus und fängt an, den Hügel hinunterzulaufen. Sara holt ihr Fahrrad. Sie muss an Amandas Worte denken:

Aber wenn mein Herz das nächste Mal Probleme macht, dann drücke ich nicht. Was habe ich denn noch, wofür ich leben könnte?

Wenn nun Amanda etwas passiert ist!

Hinter ihr macht ihre Mutter die Tür auf.

»Wohin fährst du?«, ruft sie besorgt.

Sara dreht sich um.
»Ich bin gleich wieder zurück«, sagt sie und winkt ihrer Mutter zu.
Dann fährt sie so schnell es geht den Hügel hinunter. Ihre Haare flattern im Wind, und es fühlt sich an, als würde sie fliegen.

14

Als sie bei der Pension ankommen, ist Sara völlig außer Atem. So schnell ist sie noch nie Rad gefahren! Das Kätzchen witscht schnell durch die Tür und läuft dann die Treppe hinauf. Sara sieht sich um, aber Amanda ist nicht zu sehen. Sie ruft ein paarmal laut, aber es kommt keine Antwort.

Aus dem oberen Stockwerk hört sie die Katze miauen.

Ob Amanda da oben ist?

Schnell läuft Sara die Treppe hinauf.

Die Katze ist auf den Stapel Bücher gehüpft, die auf dem kleinen Tisch vor dem Ledersessel liegen. Sie trampelt und kratzt auf dem obersten Buch herum, als wolle sie es aufmachen.

Sara schüttelt den Kopf. Was soll das denn?

»Hör doch auf damit!«, sagt sie. »Wir müssen Amanda finden!«

Sie kümmert sich nicht weiter um die Katze und macht die Tür zu dem Zimmer mit den rosa geblümten Tapeten

auf, doch da ist niemand. Juliettes Kleid liegt immer noch als kleiner Haufen auf dem Boden. Sara schaut auch in die anderen Zimmer, aber Amanda ist nirgends zu sehen.
Die Katze kratzt immer noch auf dem Buch herum.
»Pass auf, sonst machst du es noch kaputt!«
Sara nimmt das Buch weg und fängt an, darin zu blättern. An manchen Stellen sind mit feinem Bleistift geschriebene Einträge. Da geht es darum, wie viel Millimeter Regen gefallen ist, wie viel Sonnenstunden es gab und wie die Temperaturen waren.
Mitten in einem Abschnitt über wilde Rosen liegt etwas.
Ein Brief.
Adressiert an *Fräulein Amanda.*
Vorsichtig zieht Sara das Papier aus dem Umschlag und faltet es auf.

Paris, den 10. Juni 1958

Amanda, mon amie!
Schicke Dir die Fahrkarte und zähle die Tage, bis wir uns sehen.
Hingebungsvoll,
Deine Juliette

In dem Umschlag liegt eine Fahrkarte nach Paris!
Sara liest den Brief mehrmals durch.
Und langsam wird ihr klar, dass die Dinge nicht so liegen, wie Amanda glaubt.
Sie blättert weiter in dem Buch und findet noch einen Brief.

Paris, am Mittsommerabend 1958

Mon amie,
ich habe mehrere Stunden lang auf dem Bahnhof gewartet. Warum bist Du nicht gekommen? Bitte, melde Dich doch!
Hingebungsvoll,
Deine Juliette

Paris, den 10. Juli 1958

Mon amie,
mein Herz ist schwer von Trauer. Ich habe heute angerufen und gebeten, mit Dir sprechen zu dürfen, aber stattdessen kam Gustav ans Telefon. Er hat mir mitgeteilt, dass Du keinen Kontakt mehr zu mir willst und dass ich in der Pension nicht mehr willkommen bin. Bitte, meine Liebe, melde Dich doch und erkläre mir, warum Du nichts mehr von mir wissen willst!

Die letzte Theatervorstellung war eine Katastrophe, weil ich in meiner Verzweiflung jeden zweiten Satz vergessen habe. Ich bin gekündigt worden, und bis zum Ende des Monats muss ich aus der Wohnung raus.
Hingebungsvoll,
Deine Juliette

Sara schaudert es.
Ganz unten auf dem Brief stehen die Adresse und die Telefonnummer von Juliette.

15

»Hallo, Sara, bist du das?«
Amanda ruft von unten aus der Diele.
»Ja!«, ruft Sara zurück und merkt, wie ihre Stimme seltsam schwach klingt.
»Ich schaffe es nicht, die Treppe hinaufzusteigen«, sagt Amanda. »Das Herz hat gestern wieder Ärger gemacht, sodass ich ins Krankenhaus musste. Aber komm doch in den Wintergarten, dann trinken wir zusammen ein Glas Holundersaft!«
Sara denkt kurz nach, dann legt sie die Briefe in den Gartenkalender zurück, nimmt das Buch und geht die Treppe hinunter.
Die Katze folgt ihr.
Amanda hat schon den Saft aufgedeckt und wartet im Wintergarten auf sie.
»Ich habe doch auf den Notrufknopf gedrückt«, berichtet sie. »Ich wollte nicht sterben. Die meinten, dass ich ein paar Tage im Krankenhaus bleiben soll, aber morgen ist

doch Mittsommer, und da will ich hier sein. Also bin ich abgehauen, könnte man sagen.«
Sie lächelt ein wenig und zeigt auf die *Mon-Amie*-Tasse, die auf dem Tisch steht.
»Ich möchte, dass du die bekommst, als Dank dafür, dass du dir meine Geschichte angehört hast. Aber was ist denn heute mir dir los? Du siehst ja ganz blass aus, geht es dir nicht gut?«
Amanda sieht Sara forschend an.
Dann blinzelt sie erstaunt.
»Gustavs Gartenbuch!«
Zögernd hält Sara ihr das Buch mit den Briefen darin hin.
»Das hat mir die Katze gezeigt«, erklärt sie.
Amanda nimmt das Buch entgegen.
»Von was für einer Katze redest du?«
Sara sieht sich um.
Das Kätzchen ist verschwunden.
»Hier hat es seit Jahren keine Katze gegeben«, fährt Amanda fort und schaut sich nun auch um.
Sara nimmt die *Mon-Amie*-Tasse.
»Danke«, sagt sie, aber Amanda hört sie nicht. Sie hat angefangen, in dem Gartenbuch zu blättern und den ersten Brief gefunden.
Sara geht zu ihrem Rad und stellt die Tasse in den Fahrradkorb. Es ist wohl am besten, wenn sie jetzt nach Hause

fährt und Amanda mit ihren Briefen und ihren Erinnerungen in Ruhe lässt.

Der Himmel ist ganz finster, bald fallen die ersten Regentropfen, und dann ist es, als würde sich der Himmel auftun. Vom Meer nähert sich dumpf grollend ein Gewitter.

16

Sara kämpft sich auf dem Weg von der Pension nach Hause durch den Regen. Das letzte Stück den Berg hinauf schiebt sie das Fahrrad, dann lehnt sie es nur an den Zaun und rennt über den Kies ins Haus. Im Flur stolpert sie über Beas Rucksack, und drinnen in der Küche sitzt Bea. Ihre roten Haare sind etwas heller geworden, aber ansonsten sieht sie genauso aus wie immer. Vor ihr auf dem Tisch steht eine Schale mit Kopenhagener Plunder.

Bea strahlt, als Sara reinkommt.

»Die beste kleine Schwester der Welt!«, ruft sie fröhlich. »Komm her, lass dich umarmen!«

Doch Sara bleibt nur stehen und starrt sie an. Sie spürt, wie ihr das kalte Wasser aus den Haaren den Rücken hinunterläuft.

Bea ist nach Hause gekommen!

Dann müssen sie ja nicht mehr nach ihr suchen. Alles wieder gut, oder? Nein, gar nichts ist gut! Man darf nämlich nicht einfach so verschwinden und dann plötzlich zurückkommen und so tun, als wäre alles wie immer!

»Komm, nimm ein Stück Plunder«, sagt Bea. »Den habe ich, kurz bevor ich aus Kopenhagen weggefahren bin, in einer Konditorei gekauft.«

Sie hält Sara ein Stück hin.

Sara starrt auf den Kuchen und dann wieder zu Bea.

Und plötzlich merkt sie, wie ihr ganz heiß wird vor Wut, und sie nimmt den Plunder aus Beas Hand und schmeißt ihn an die Wand.

»Warum hast du die ganze Zeit nichts von dir hören lassen?«, schreit sie.

Bea sieht erstaunt aus. Der Plunder liegt wie ein alter Lappen auf dem Fußboden, und an der Wand ist ein großer Fleck.

»Du bist doch nicht ganz bei Trost!«, schreit Sara weiter. »Mama und Papa haben sich total Sorgen gemacht, und DIE POLIZEI war hier!«

»Ich weiß«, murmelt Bea und schaut auf den Tisch hinunter. »Es ist alles so blöd gelaufen.«

Sara setzte sich hin. Ihre Jeans sind nass und fühlen sich kalt an. Wütend starrt sie Bea an, die mit hängendem Kopf dasitzt.

»Ich habe jedenfalls nichts von der Kneipe *Zum Prinzen* erzählt, nur dass du es weißt.«

»*Zum Prinzen?*«
Bea sieht auf.
»Ja, da wolltest du doch arbeiten! Das hast du jedenfalls gesagt, ehe du weg bist.«
Bea seufzt.
»Ach so, daraus ist nichts geworden. Der Typ, dem die Kneipe gehörte, hatte alles verkauft und war weggezogen.«
Nun kriegt Sara vor Wut fast keine Luft mehr. Dann hat Bea nicht mal in dieser Kneipe gearbeitet!
»Was hast du denn dann gemacht?«, zischt sie.
»Geputzt«, antwortet Bea.
Sara zieht die Augenbrauen hoch.
Geputzt? Und das Bea, die immer so ein Chaos um sich hat?
»Total öde«, murmelt Bea. »Aber das war der einzige Job, den ich finden konnte.«
Dann verschwindet sie im Badezimmer. Als sie zurückkommt, hat sie ein großes Badelaken dabei, das sie um Saras Schultern legt.
»Du, es tut mir leid, dass ich einfach so abgehauen bin«, sagt sie ernst.
Sara sitzt lange ganz still da und starrt auf den Fußboden. Sie merkt, wie die Wut langsam verschwindet.
»Warum bist du wieder nach Hause gekommen?«, fragt sie.

»Natürlich weil ich Sehnsucht nach dir hatte«, antwortet Bea.
Sara sieht auf und lächelt ein klein wenig.
»Wissen Mama und Papa, dass du wieder da bist?«
»Ja«, antwortet Bea. »Ich habe vorhin mit Papa telefoniert. Dachte, er würde superwütend sein, aber das war er nicht. Er ist übrigens jetzt auf dem Weg nach Hause. Wir sollten also hier mal ein bisschen Ordnung machen. Wie das hier aussieht!«
Sie zeigt auf die Spüle, auf der alles voller Geschirr steht. Der Fußboden ist voller Krümel, und in der Obstschale liegen ein paar halb verfaulte Bananen.
Mama und Papa haben offensichtlich das Aufräumen komplett eingestellt.
»Außerdem hat irgendeine Verrückte mit Plunder um sich geworfen.«
Bea zeigt auf den Fettfleck an der Wand.
»*Stilvoll und nah am Meer*«, sagt sie feierlich. »Schade, dass die von der Wohnzeitschrift jetzt nicht hier sind!«
Sie lachen beide.
»Wo ist Mama?«, fragt Sara.
Sie war so erstaunt, Bea zu Hause anzutreffen, dass sie nicht mal gemerkt hat, dass ihre Mutter nicht da ist.
»Mama fährt mit dem Fahrrad rum und sucht nach dir«, sagt Bea. »Sie hat sich total Sorgen gemacht. Aber jetzt

können wir sie ja anrufen und ihr sagen, dass du zu Hause bist.«

Ihre Mutter geht nach ein paarmal Klingeln ran und berichtet, dass sie draußen auf der Landzunge ist. Fast schon bei der *Pension zur Schönen Aussicht*.

17 

»Da wird es mindestens eine halbe Stunde dauern, bis sie wieder hier ist«, sagt Bea. »Das alte Haus ist ja richtig weit draußen. Und wie ich gelesen habe, soll es übrigens abgerissen werden.«
»Was? Wo hast du das gelesen?«
»Auf dem Weg nach Kopenhagen, in einer Zeitung, die jemand im Zug liegen gelassen hatte. Warum ist das so wichtig?«
Eine Zeitung. Am Tag, als Bea weggefahren ist.
»Ich muss mal eben was nachsehen«, sagt Sara und läuft in ihr Zimmer hinauf.
Unter ihrem Bett liegt noch die Zeitung, die sie an dem Morgen, als Bea abgehauen ist, von dem Boten bekommen hat.
Sie zieht sie heraus und schüttelt den Staub davon ab. Dann blättert sie in der Zeitung und findet am Ende eine kleine Notiz auf den letzten Seiten.

Der letzte Sommer für die
Pension zur Schönen Aussicht

Die Baubehörde der Stadt hat entschieden, dass die *Pension zur Schönen Aussicht* im Herbst abgerissen werden wird. Die Pension war Mitte des vorigen Jahrhunderts unter anderem ein beliebter Treffpunkt von Künstlern, Schauspielern und Musikern. In den letzten Jahren ist das Haus jedoch immer mehr verfallen.

Neben dem Text ist ein kleines Foto zu sehen, das einen mit *Mon-Amie*-Tassen gedeckten Tisch zeigt. *Mittsommer 1954* steht unter dem Bild.
Eine junge Frau in weißer Bluse und schwarzem Rock ist im Profil zu sehen. Die Haare sind im Nacken zu einem Knoten aufgesteckt. Sara erkennt sie, es ist Amanda. Am Tisch sitzt eine schöne Frau mit langen, glatten Haaren, die Amanda anlächelt.
Und auf ihrem Schoß liegt die Katze!
Sara blinzelt erstaunt. Wie kann das sein?
Sie beugt sich vor und betrachtet das Foto eingehend. Obwohl es nur schwarz-weiß ist, kann sie doch die Augen der Katze wiedererkennen.

18

Die ganze Familie versammelt sich in der Küche. Saras Mutter zündet eine Kerze an, ihr Vater kocht Tee. Bea teilt den Plunder aus. Mitten auf dem Tisch steht die Keramikfigur und lacht sie an.
»Wie schön, dass wir wieder alle vier zusammen sind«, sagt ihre Mutter. »Und habt ihr gesehen? Sara hat Ingrid rausgeholt.«
»Ingrid?«, fragt Bea erstaunt.
»Ja, so heißt sie, die kleine Tante«, sagt ihre Mutter. »Alle Tonfiguren haben Namen, habe ich das noch nie erzählt? Das ist Ingrid, und dann gibt es noch Siv und Egon …«
Sara und Bea kichern.
Dann erzählt Bea alles, was sie in Kopenhagen erlebt hat. Die Eltern und Sara lachen, als Bea all die Leute nachmacht, denen sie begegnet ist.
»Aber versprich mir, dass du nie wieder einfach so abhaust«, sagt ihr Vater ernst, als Bea fertig ist.
Bea verspricht es, und dann sieht sie Sara an.

»Was hast du denn in dieser ganzen Zeit gemacht?«
Sara zuckt mit den Schultern. Sie will nicht erzählen, dass sie in der Pension war, das soll ein Geheimnis bleiben.
»Warum soll eigentlich die *Pension zur Schönen Aussicht* abgerissen werden?«, fragt sie stattdessen.
Ihre Mutter lächelt.
»Der Beschluss ist angefochten worden, es wird keinen Abriss geben«, sagt sie. »Zum Glück sind die auf dem Bauamt noch zur Vernunft gekommen und haben eingesehen, dass dieses Haus ein ungeheurer Schatz ist. Als ich klein war, bin ich mal mit meinen Großeltern zum Kaffee dort gewesen. Seitdem habe ich oft an die Pension denken müssen.«
Der Himmel über dem Meer klart auf. Sara streckt die Hand aus und nimmt sich ein Stück Plunder.
»Erzähl noch mehr von Kopenhagen«, sagt sie zu Bea. »Nächstes Mal will ich mit!«

Und in der *Pension zur Schönen Aussicht* hebt derweil Amanda den Telefonhörer ab und wählt eine Nummer, die sie noch nie zuvor gewählt hat.
Es klingelt viele Male, doch am Ende geht jemand ran: »Juliette.«

19

Am nächsten Morgen ist Mittsommer, und Sara wacht als Erste auf. Sie muss an die *Mon-Amie*-Tasse denken, die noch draußen im Fahrradkorb liegt. Es ist wohl am besten, wenn sie die reinholt. Also schleicht sie aus ihrem Zimmer, hält kurz inne und schaut bei Bea rein, die im Bett liegt und schläft. Ihr Zimmer ist chaotischer denn je.

Auf Zehenspitzen geht Sara die Treppe hinunter und dann hinaus in den Garten. Das Gras ist feucht, und die Luft fühlt sich kühl an. Das Fahrrad steht an den Zaun gelehnt, und die Tasse ist mit Regenwasser gefüllt. Sie nimmt sie und will gerade das Wasser ausschütten, als sie von der Straße her eine Stimme vernimmt.

»Guten Morgen, schöne Maid! Stehst du nun wieder da und wartest auf die Zeitung? Und wie ich sehe, hast du auch eine Tasse Tee mitgebracht.«

Der Zeitungsbote sieht sie freundlich an und wedelt mit einer zusammengerollten Zeitung.

»Mein letzter Arbeitstag. Das wird schön, wenn ich nicht mehr diesen furchtbaren Berg hochmuss.«
Sara lächelt und schüttet das Regenwasser aus der Tasse. Der Zeitungsbote macht ein erstauntes Gesicht.
»Wolltest du den Tee nicht trinken?«
»Nein«, antwortet Sara. »Denn es war kein Tee.«
»Sieh mal einer an«, antwortet er. »Es ist doch keineswegs alles so, wie es zu sein scheint.«
Dann beugt er sich über den Lenker des Fahrrads.
»Du, und diese Katze, die da unter dem Apfelbaum gesessen hat, die scheint sich getrollt zu haben.«
Sara nickt.
»Dann haben Sie die auch gesehen?«, fragt sie.
»Aber natürlich«, antwortet der Bote. »Und hier hast du die Zeitung. Adieu!«
Sara steht ein Weilchen da und sieht ihm zu, wie er den Hügel hinunterradelt.
Heute wird Vera aus Norrland zurückkommen. Dann können sie zusammen zur Pension fahren.

Katarina Genar wurde 1973 im schwedischen Linköping geboren. Nach Jahren in Deutschland, Frankreich und Stockholm lebt sie heute mit ihrer Familie wieder in ihrer Geburtsstadt.
Sie ist gelernte Logopädin, widmet sich aber inzwischen ganz dem Schreiben ihrer magisch-realistischen Kinderbücher. Sie erhielt das Hans-Peterson-Stipendium für junge, vielversprechende Kinder- und Jugendbuchautoren mit der Begründung: »Sowohl im Inhalt als auch in der Sprache fließt eine spielerische Geheimnisfülle, die berührt und unvergesslich bleibt.«
Auf Deutsch sind von ihr bereits *Der rubinrote Mantel* und *Heimliche Freundin* erschienen.